HORUSCE en HAREADEN BARBAROSSA

Coordenação editorial: Cauê Seignemartin Ameni e Rogério Campos
Tradução: Leila de Souza Mendes
Preparação e edição de texto: Manuela Beloni
Primeira revisão: André Takahashi, Gustavo Racy e Walder Wilson
Segunda Revisão: Márcia Ohlson
Capa: Rodrigo Corrêa
Diagramação: Manuela Beloni
Produção cultural: Rafael Limongelli

Dados Internacionais de Catalogação na Publicação (CIP)
(eDOC BRASIL, Belo Horizonte/MG)

W752u

Wilson, Peter Lamborn.
Utopias piratas: a revolta de mouros, hereges e renegados na emergência do capitalismo / Peter Lamborn Wilson; tradutora Leila de Souza Mendes. – São Paulo, SP: Autonomia Literária, 2022.
200 p. : 14 x 21 cm

Título original: Pirate utopias: moorish corsairs & european...
ISBN 978-65-87233-89-5

1. Convertidos ao islamismo do cristianismo – História. 2. Piratas – História – África, Norte. I. Mendes, Leila de Souza. II. Título.
CDD 964.02

Elaborado por Maurício Amormino Júnior – CRB6/2422

Editora Veneta
Rua Araújo, 124, 1º Andar CEP 01220-020 São Paulo - SP
veneta.com.br

Autonomia Literária
Rua Conselheiro Ramalho, 945 CEP: 01325-001, São Paulo - SP
autonomialiteraria.com.br

Peter Lamborn Wilson

UTOPIAS PIRATAS

A revolta de mouros, hereges e renegados na emergência do capitalismo

Traduzido por Leila de Souza Mendes

2024
Autonomia Literária &Veneta

Sumário

AGRADECIMENTOS 7

O PIRATA E A SEREIA 8

UM CRISTÃO QUE VIROU TURCO ... 12

DEMOCRACIA POR ASSASSINATO .. 28

UM BANDO DE PATIFES 40

UM PALÁCIO DE ALABASTRO
NA TUNÍSIA 50

A REPÚBLICA MOURA DE SALÉ...... 68

MURAD REIS E O ATAQUE
A BALTIMORE................................ 88

O CALENDÁRIO CORSÁRIO 129

UTOPIAS PIRATAS 171

BIBLIOGRAFIA 190

AGRADECIMENTOS

O autor gostaria de agradecer à Biblioteca Pública de Nova York, que um dia, sabe-se lá como, adquiriu uma imensa coleção de literatura sobre pirataria. Aos Fóruns Anarquistas do Clube do Livro Libertário e ao New York Open Center, onde as primeiras versões foram apresentadas ao público, ao falecido Larry Law, por sua pequena brochura sobre o Capitão Mission. À senhorita Twomey, da Biblioteca da Sociedade Histórica de Cork, pelo material irlandês. A Jim Koehnline, pelas ilustrações, como sempre. A Jim Fleming, idem. A Megan Raddant e a Ben Meyers pela ilimitada capacidade de trabalho. E ao Wilson Family Trust, graças ao qual eu sou um "pobre independente" livre para perseguir sonhos como este.

Para Bob Quinn e Gordon Campbell,
atlânticos irlandeses.

O PIRATA E A SEREIA[1]

Há alguns anos havia uma torre alta no extremo do Cabo Malabata. Os cristãos a chamavam de Torre Blanquilla (Torre Branca) e os islâmicos conheciam-na por El-Minar. O dia inteiro a torre vigiava o mar. À noite, dormia embalada pelo murmúrio do vento sobre as águas. Era uma torre antiga, cujas paredes eram cobertas por trepadeiras retorcidas. Escorpiões se escondiam entre suas pedras, e djins *malignos se reuniam ali ao pôr-do-sol. Os ciganos, sábios, diziam que a torre fora construída pelos portugueses que haviam ido para lá para lutar contra os muçulmanos. Os montanheses de Andjera estão mais bem informados: eles dizem que a torre foi construída por Lass el-Behar, o pirata, a fim de esconder seus tesouros dentro de suas paredes.*

Lass el-Behar viera de Rabat. Era um navegador hábil e perito em uma arte ainda mais difícil – a de comandar. Os espanhóis e os italianos conheciam bem o seu nome. A fragata de el-Behar era pequena e rápida como uma andorinha. Os remos, movidos por cem escravos cristãos das galés, faziam-na deslizar velozmente sobre as ondas. A nau era temida tanto pela ousadia de seus marinheiros, quanto pelos muitos canhões que ostentava, todos diferentes entre si, capturados pelo pirata de embarcações cristãs de nacionalidades variadas.

Lass el-Behar era jovem, bonito e corajoso. Muitas cativas cristãs se apaixonaram por ele, assim como as filhas de ricos e poderosos muçulmanos. No entanto, rejeitava igualmente o amor das cristãs e das islâmicas porque seu navio lhe era mais impor-

1 Este Trecho é extraído de "The Legend of El-Minar" [A Lenda de El-Minar]. Chimenti (1965).

tante do que a beleza das mulheres. Lass el-Behar amava seu navio, o companheirismo de seus valentes guerreiros e as gloriosas batalhas que mais tarde viriam a ser celebradas em verso e prosa. Acima de tudo, era o mar que ele amava. Amava-o com uma paixão tão profunda que não podia viver longe dele, e falava com ele como os homens falam com suas amadas. Seus guerreiros diziam que na hora da prece ele desviava os olhos de Meca para contemplar o mar.

No dia do Aid el-Kebir *(festa do sacrifício), Lass el-Behar, que estava na aldeia de El-Minar com seus companheiros, recusou-se a ir a Tânger para ouvir o sermão do cádi*[2] *e orar na companhia dos devotos.*

– Vão se quiserem – disse aos seus homens. – Quanto a mim, vou ficar aqui.

Então, fechou-se em sua torre. De lá podia contemplar o mar e os navios movendo-se lentamente no horizonte. O peso do charque e a brisa mais intensa que o vento fazia a água dançar sob a cálida luz de verão.

"O melhor sermão do cádi", pensou el-Behar, "nunca poderia se igualar à beleza desta cena. Que oração, por mais perfeita que fosse, poderia se igualar ao doce murmúrio de águas agitadas? O que pode ser tão poderoso quanto o mar, que se estende de uma margem do mundo à outra? Ah! Quem me dera que as ondas fossem uma mulher para que eu pudesse me casar com ela. Que o oceano fosse uma mesquita dentro da qual eu pudesse orar."

Enquanto essas reflexões atravessavam seu pensamento, uma tempestade se formou a oeste, precipitou-se sobre as planícies e montanhas e rugiu em torno da torre. As gaivotas fugiram de medo. Bandos de carneiros correram agitados para seus cercados. A tempestade durou um dia e uma noite.

---

2 Um cádi ou qadí é um juiz muçulmano que julga segundo a charia, o direito religioso islâmico (N.E.).

Quando o vento se acalmou e o mar parou de bramir como milhares de bois, Lass el-Behar desceu de sua torre. Na estreita faixa de areia entre as pedras e a água ele viu uma mulher estendida, pálida e fria. Aproximou-se dela.

– Deve ser cristã – disse ele a si mesmo –, porque seu cabelo tem cor de ouro novo.

Ele a tomou em seus braços.

– Talvez ainda esteja viva.

A mulher abriu os olhos, verdes como as algas que brotam entre as rachaduras das pedras. Era uma djinniyeh *(*djin *feminina)* bahriyah *(do mar), uma sereia. Sua beleza era mágica, e el-Behar se apaixonou loucamente por ela. Esqueceu-se de seus guerreiros, de sua galé, sua glória e suas preces a Alá. "Eu te amo mais do que qualquer outra coisa nesta terra, mais do que minha própria vida e minha salvação", disse-lhe em outro momento.*

Durante o equinócio, o mar furioso martelou novamente a torre e ameaçou uma aldeia próxima. Suas águas se mesclaram com as do rio Charf e chegaram até o jardim de Tanger al-Balia.

– O mar vai esmagar nossa torre – disse o pirata à sua amada –, vamos fugir para as montanhas.

– Por que temer o oceano? – perguntou a djinniyeh, *com um sorriso. – Você não o ama acima de tudo? Não está constantemente louvando sua força e poder? Você não desvia seu olhar da direção de Meca para contemplar o mar? Eu sou uma filha do mar. Eu vim para recompensá-lo pelo seu amor por ele. Agora o mar me chama de volta. Adeus, Lass el-Behar, você nunca mais me verá.*

– Não me abandone – implorou o pirata –, não me deixe, eu imploro. Sem você, nunca conhecerei a felicidade.

– A felicidade – respondeu a sereia – só faz parte da vida daqueles que temem e honram a Alá. Eu tenho que deixá-lo. Não ouso desobedecer à voz que me chama, mas você pode me seguir se quiser.

A sereia afastou-se com a maré e Lass el-Behar a seguiu até as profundezas tenebrosas do mar. Nunca mais foi visto. Ele dorme sob as ondas, entre a Montanha Tarik (Gibraltar) e o Cabo das Três Forças (Marrocos). E só despertará depois que os homens forem julgados por suas ações e a terra seja apenas uma sombra de uma sombra que por fim desaparecerá.

Por Alá Todo-Poderoso

UM CRISTÃO QUE VIROU TURCO

"Cristãos viram turcos e os turcos são filhos dos demônios."
– *News from Sea, of Ward the pirate*
Notícias do Mar, por Ward, o Pirata (1609)

Do final dos anos 1500 até o século XVII, milhares de europeus – homens e mulheres – se converteram ao islamismo. A maioria vivia e trabalhava em Argel, Túnis, Trípoli e na região de Rabat e Salé, no Marrocos – conhecidos como estados da costa da Barbária.[3] Quase todas as mulheres se tornaram muçulmanas quando se casaram com muçulmanos. Isto é fácil de compreender, apesar de que seria fascinante se pudéssemos acompanhar a vida de algumas delas em busca de alguma Isabelle Eberhardt.[4] Mas e os homens? O que fez com que *eles* se convertessem?

Os cristãos europeus usavam um termo especial para designar esses homens: Renegados, ou seja, apóstatas, vira-casacas e traidores. Os cristãos tinham motivos para encará-los dessa maneira, já que a Europa estava em guerra contra o Islã. As Cruzadas na verdade nunca haviam acabado. O último reino

---

3 A Barbária, ou os Estados Barbáricos, incluía as áreas ocupadas hoje pela Argélia, Tunísia, Marrocos e a região da Líbia conhecida como Tripolitânia. O nome Barbária é uma alteração de Berbérie, ou seja, terra dos berberes (N.E.).

4 Isabelle Eberhardt (1877-1904), filha de anarquistas russos, viajou e morou em Argel, às vezes vestida de homem. Converteu-se ao Islã e apoiou a independência da Argélia. Escreveu romanticamente sobre suas aventuras e morreu jovem, de modo trágico. Veja Bowles (1975).

mouro na Espanha, Granada, foi agregado à Reconquista apenas em 1492, e o último levante mouro na Espanha aconteceu em 1610. O Império Otomano, vigoroso, brilhante e armado até os dentes (como a Inglaterra de Elizabeth e James I), lançou sua ofensiva contra a Europa em duas frentes: por terra, na direção de Viena, e pelo mar Mediterrâneo.

Nas línguas faladas na Europa, "turco" se referia a qualquer muçulmano, incluindo os mouros do Norte da África. Dizia-se que os Renegados haviam "virado turcos". Houve mesmo uma peça com o nome *A Christian turn'd Turke* (Um cristão que virou turco), de Robert Daborne,[5] montada em Londres em 1612 (Ewen, 1939, p. 3; Lloyd, 1981, p. 48). O turco como personagem lascivo e soldado cruel povoou a literatura popular – e "muçulmano!" *ainda* é um insulto terrível em Veneza. É possível compreender um pouquinho da ignorância e preconceito europeus lembrando o que foi a mídia estadunidense durante a Guerra do Golfo contra o Iraque. A resposta da Europa ao Islã ficou muito mais complexa a partir do século XIX, com a conquista e colonização da maior parte do *Dar al-Islãm*.[6] Mas no século XVII ainda não existia este tipo de interpenetração cultural, por mais unilateral que fosse. Em sua maior parte, a Europa não conseguia entender o Islã e o odiava. Quanto a este, a palavra *Jihad*, Guerra Santa, resume sua atitude em relação à cristandade. Tolerância e compreensão eram praticamente inexistentes em ambos os lados da divisão cultural.

---

5 De acordo com Lloyd (1981), o nome do dramaturgo era Robert Osbourne.

6 *Dar al-Islãm* é um termo árabe que significa "a terra do Islã". É utilizado no Islã para se referir ao território no qual a religião islâmica é prevalecente. É o conjunto dos territórios onde os muçulmanos podem praticar a sua religião em liberdade, sem serem alvo de ataques inimigos (N.E.).

Os Renegados, portanto, pareciam criaturas infernalmente misteriosas para a maioria dos europeus. Eles não só "traíram o Nosso Senhor" mas foram além, juntando-se à *Jihad*. Quase sem exceção, os Renegados se tornaram os "Corsários da Barbária". Atacavam e pilhavam navios europeus, capturavam cristãos para exigirem resgate ou vendê-los como escravos. É claro que os "corsários" cristãos, incluindo os Cavaleiros de Malta,[7] estavam fazendo exatamente a mesma coisa com os navios e as tripulações de barcos muçulmanos. No entanto, um número muito pequeno destes "virou cristão". O fluxo de Renegados corria em sua maior parte em mão única.

Os europeus presumiam que os apóstatas eram a escória humana, e acreditavam que seus motivos para a conversão eram os mais baixos possíveis: cobiça, ressentimento e vingança. Acreditavam que muitos já eram "piratas" antes da conversão – buscando apenas uma desculpa para darem continuidade a suas práticas. Claro que alguns eram capturados e, nesse caso, lhes era oferecida a escolha entre conversão e escravidão. Mas, por covardia, escolhiam a apostasia e o crime.[8] Os Renegados

---

7 A Ordem de Malta ou Cavaleiros Hospitalários (oficialmente Ordem Soberana e Militar Hospitalária de São João de Jerusalém, de Rodes e de Malta) é originalmente uma ordem beneditina fundada no século XI na Palestina, durante as Cruzadas. A Ordem veio a se tornar uma ordem militar cristã, encarregada de assistir e proteger os peregrinos à Palestina e de exercer a caridade. Atualmente, a Ordem de Malta é uma organização humanitária soberana internacional, reconhecida como entidade de direito internacional (N.E.).

8 Ao menos alguns dos Renegados estavam mais do que ansiosos para se converter. Entre 1731 e 1732, um arrogante cônsul francês em Argel, Leon Delane, "que anteriormente fora cônsul francês em Candia (Creta) e havia causado muitos problemas por causa de sua arrogância e desprezo pelos turcos, opôs-se à tentativa de um marinheiro de Saint Tropez de virar renegado, embora o tratado

eram mortos assim que avistados em todos os países europeus e queimados na Espanha (ao menos em teoria), mesmo quando queriam se reconverter. Neste sentido, o Islã era visto como uma praga moral em vez de simplesmente uma ideologia inimiga.

No Islã, a atitude em relação à conversão era mais aberta. Os espanhóis forçavam judeus e muçulmanos a se converterem, mas depois os expulsavam assim mesmo. O Islã, no entanto, ainda conservava a imagem de si mesmo como uma nova religião, que buscava se expandir de todas as maneiras possíveis, especialmente pela conversão. Os "muçulmanos-novos" ainda são considerados abençoados e até "sortudos", sobretudo nas fronteiras da religião. Estas atitudes distintas em relação à conversão podem ajudar a explicar porque mais cristãos tornaram-se "turcos" do que vice-versa – mas a questão do porquê permanece sem resposta.[9] Talvez possamos partir da suposição de que nem a interpretação cristã nem a "turca" para os Renegados podem satisfazer nossa curiosidade. Assim, esses homens não seriam tão-somente demônios nem tampouco anjos da *Jihad*. Podemos crer que nossas respostas – se alguma for possível – parecerão muito mais *complexas* do que estas duas teorias do século XVII.

---

entre os dois estados especificamente dissesse (artigo 19) que, se um francês persistisse por três dias consecutivos em sua intenção de virar muçulmano, ele devia ser reconhecido como tal". Delane foi transferido de volta para Creta por um embaraçado governo francês (Spencer, 1976, p.159).

9 Um certo capitão Hamilton explicou o motivo que induziu alguns dos Renegados a permanecerem na Barbária: "Eles são tentados a renunciar ao Deus deles por amor a mulheres turcas [isto é, muçulmanas], que em geral são muito bonitas". Ele perdoou a fraqueza dos pobres infelizes porque aquelas mulheres "são muito versadas em feitiçarias... cativos nunca se libertam" (Wolfe, 1979, p. 237).

Curiosamente, parece que poucos historiadores modernos realmente tentaram compreender os Renegados. Dentre os historiadores europeus, o efeito da "teoria do demônio" ainda subsiste, mesmo que racionalizada e elaborada, até mesmo invertida, transformando-se em uma hipótese de aparência plausível. O raciocínio é mais ou menos este: como as grandes potências europeias não conseguiram erradicar os corsários da Barbária *por três séculos inteiros*? Nem é necessário dizer que os exércitos e a tecnologia naval islâmicos eram inferiores aos dos europeus. Os muçulmanos, como todos sabem, não são bons marinheiros. Como explicar este aparente enigma? A conclusão é óbvia: os Renegados. Por serem europeus, eles apresentaram a tecnologia europeia aos muçulmanos, e também lutaram por eles. Parece, portanto, que a pirataria da Barbária era "*une affaire des étrangers*" [um assunto de estrangeiros]. E sem os Renegados, nunca poderia ter acontecido (Coindreau, 1948). Eles eram traidores do pior tipo – mas brilhantes à sua maneira rude e perversa. A pirataria é desprezível – mas, também, um pouco romântica!

Quanto aos historiadores islâmicos, eles naturalmente se ressentem de quaisquer sugestões de inferioridade. As histórias locais da região de Rabat e Salé do século XIX e do início do século XX, por exemplo, deixam bem claro que mouros, berberes e árabes contribuíram, em longo prazo, muito mais para a história da "guerra santa no mar" do que uns poucos milhares de convertidos. Quanto a eles, seus descendentes ainda vivem na região de Rabat e Salé – *tornaram-se marroquinos*, quaisquer que tenham sido suas origens. A história dos corsários não é um "negócio de estrangeiros", mas parte da história do Maghreb, o faroeste do Islã, e da nação emergente do Marrocos (Hesperis, 1971).

Nenhuma destas tentativas de "explicar" os Renegados nos aproxima dos possíveis motivos que os fizeram abraçar o Islã e a vida de corsários da Barbária. Traidores brilhantes ou heróis assimilados – nenhum dos estereótipos tem qualquer profundidade. Ambos contêm uma parcela de verdade. Os piratas realmente introduziram certas novidades técnicas e estratégicas na Barbária. Eles de fato participaram do Islã de modos mais complexos do que simplesmente como assassinos de aluguel – ou "especialistas". Mesmo assim, ainda não temos a mais vaga ideia do *porquê* deste fenômeno, como um todo. Deveríamos notar que, embora alguns dos Renegados fossem alfabetizados em várias línguas, nenhum deles era homem de letras. Não temos relatos de primeira mão. Suas origens sociais não os inclinava a escrever textos de auto-análise. Este luxo ainda era um monopólio da aristocracia e da classe média emergente. A incumbência de escrever a história ficou na mão de seus inimigos. Eles mesmos ficaram em silêncio.

Assim, pode ser que nunca consigamos descobrir suas razões. Talvez não possamos fazer mais do que sugerir impressões e especulações complexas e até contraditórias. Mas ainda podemos nos sair melhor do que os eurohistoriadores neocolonialistas, ou os nacionalistas marroquinos, que veem os Renegados apenas em termos de seus próprios preconceitos ideológicos. Podemos tentar avaliar os Renegados por si mesmos, enquanto indivíduos (se possível) e como um grupo, com seus próprios interesses e objetivos, seus próprios valores, sua própria auto-imagem. Podemos tentar ver (tão claramente quanto os indícios permitam) a partir *de dentro*, em vez de depender da luz de interpretações extrínsecas.

Focalizar a atenção em uma *história específica* (ou "micro-história", como coloca Carlo Ginzburg) poderia nos ajudar a refinar nossas percepções dos Renegados mais facilmente do que se tentássemos uma visão global do fenômeno.[10] A meto-

---

10 Este ensaio não constitui uma genuína micro-história porque se baseia, em grande parte, em fontes secundárias. Desejo apenas ex-

dologia usada aqui consiste da leitura de textos histórico-etnográficos à luz da "História das Religiões". Prefiro chamar esta abordagem de *histórias da religião*, no entanto, por duas razões. Primeiro, para evitar a imputação de que sou adepto da escola de Mircea Eliade, que quase monopolizou o rótulo de "História das Religiões" para si mesmo. Uso algumas das categorias desenvolvidas por Eliade, e também por Henry Corbin, mas acho que são menos úteis para lidar com conceitos como "resistência" ou "anseio insurrecionário". O que leva à segunda razão para preferir o termo *histórias da religião*: a justificável desconfiança de que qualquer disciplina acadêmica que chame a si mesma de "A História de qualquer coisa" crie uma falsa *totalidade*, baseada em absolutos duvidosos que vão servir apenas para mascarar e reforçar as ideologias das elites. Portanto, o terceiro principal ingrediente metodológico deste ensaio descende de uma perspectiva nietzschiana. Trabalha-se com ideias, imagens, emoções, signos estéticos etc, tal como desenvolvidos por pessoas como Gaston Bachelard, Walter Benjamin, Bataille, Michel Foucault. Trata-se de uma disciplina histórica que começa por questionar e criticar o caráter absoluto da *História*. E, por fim, a principal ferramenta metodológica aqui é realmente a *piratologia*, que – como todos sabem – é território exclusivo de amadores entusiastas.

Então, vamos centrar nosso estudo em uma comunidade durante um breve período (de cerca de 50 anos): Rabat-Salé, na primeira metade do século XVII. De todos os estados da Barbária, Salé foi o único lugar onde os corsários alcançaram independência. Argel, Túnis e Trípoli eram todos protetorados

---

pressar uma dívida metodológica para com Ginzburg e sua escola, sem pretender de forma alguma igualá-los em rigor e originalidade.

da Sublime Porta,[11] mas Salé – por umas poucas décadas – foi governada por um "divã" ou Conselho de Capitães Corsários. Era uma verdadeira "utopia pirata", e assim podemos esperar encontrar o *Renegado* em seu estado de desenvolvimento político e espiritual mais sofisticado, aqui na "República do Bou Regreg", "República Moura" ou "República Corsária de Salé".

Primeiro, no entanto, podemos também tentar algo que nenhum historiador (que eu saiba) fez pelos Renegados. Podemos indagar se a Europa realmente se opunha monolíticamente ao Islã. Podemos perguntar se o Islã possuía uma *sombra positiva*, por assim dizer, que pudesse ter se ocultado dentro da cultura europeia e influenciado os Renegados *mesmo antes* de sua fuga para a Barbária. Poderíamos dar-lhes o benefício da dúvida, e não apenas pressupor que seus motivos para a conversão eram todos ignóbeis e vazios de verdadeira importância. Poderíamos nos perguntar se o próprio Islã (e não apenas a esperança pirata de obter ouro) poderia tê-los atraído para o Norte da África – ou, se não o "próprio Islã", então alguma imagem, boato, mito ou equívoco sobre o Islã. De que modo, então, poderia um marujo da classe trabalhadora do século XVII ter desenvolvido um interesse ou até uma atração pelo Islã?

Na época das Cruzadas, a ideia de um "Islã esotérico" começou a se infiltrar na Europa junto com as especiarias e as sedas – e livros – que os santos guerreiros de Cristo conseguiam "libertar" da Terra Santa. Terão os "*assassinos*" ismaelitas[12]

---

11 Traduzido do turco Bab-ı Ali, Sublime porta, ou a Porta Otomana, era a designação dada, entre 1718 e 1922, ao governo do império Otomano (N.E.).

12 Seita muçulmana xiita minoritária que, despreendendo-se do xiismo tradicional, tem opinião controversa sobre quem seria o continuador do profeta Maomé. A seita foi perseguida tanto por uma minoria xiita quanto pelo sunismo, eventualmente retornando no

transmitido adiante algum conhecimento secreto aos Templários? E terá sido por isso que os templários foram proscritos, torturados, executados e extirpados com todo aquele ódio aparentemente insano? Foram a alquimia e o neoplatonismo transmitidos através da Espanha moura para o resto da Europa, sobretudo para a Itália e a França? Terão São Francisco, Roger Bacon e missionários místicos aprendido com os sarracenos e trazido com si alguns elementos da gnose, da ciência hermética e do sufismo islâmicos?

De qualquer forma, tenham estes contatos realmente ocorrido ou não, pelo início do século XVII alguns intelectuais europeus *acreditavam* nessa hipótese e na possibilidade de que alguma transmissão de sabedoria secreta de fato acontecera (a realidade ou irrealidade de tais contatos é assunto para pesquisa; aqui estamos interessados apenas em uma história de *imagens*, de crenças e ideias, que influenciaram profundamente a sociedade, sejam elas baseadas ou não na "realidade histórica"). Os hermetistas do final da Renascença começaram a exibir um quê de islamofilia. Por volta de 1610 (a data da última revolta moura ou "mourisca" na Espanha), alguns ocultistas alemães publicaram uma série de documentos que delineavam a história de uma ordem secreta, a Rosa-cruz. De acordo com o relato, o fundador da ordem no século XIV, o mítico Christian Rosenkreutz, tinha viajado extensamente pelo mundo islâmico (Damasco, Arábia, uma cidade mítica chamada Damcar e a cidade marroquina de Fez) e lá recebido um curso completo de sabedoria hermética. Sua tumba, que supostamente fora redescoberta fazia pouco, continha explicações codificadas suficientes para tornar possível o restabelecimento da ordem. Os

---

século IX. Hoje o movimento é liderado pelo 49º imane, Agacão IV, promovendo inúmeras reformas infraestruturais às comunidades ismaelitas e promovendo desenvolvimento educacional (N.E.).

documentos rosacrucianos criaram considerável agitação entre os cristãos cultos e piedosos que haviam ficado muito enojados com as guerras e brigas entre o catolicismo e o protestantismo, e ansiavam por uma religião universal baseada no conhecimento em vez da fé. A ciência e a sabedoria islâmica (e judaica) eram agora desejadas avidamente por suas contribuições para esta revelação hermética final. Publicamente, os rosa-cruzes ensinavam "tolerância até com os judeus e turcos"; secretamente, poderiam ter admitido que nenhuma religião possuía o monopólio da verdade. Continuavam cristãos, mas não "sectários". O Islã, para eles, é apenas outra seita, de posse de algumas verdades (incluindo até certas verdades sobre Jesus), mas nem mais nem menos limitada do que o catolicismo ou mesmo o luteranismo. Assim, embora os rosacruzes não tenham se convertido ao Islã, exibiam muito menos ódio e intolerância em relação a ele do que a maioria dos cristãos, e chegaram até a louvá-lo por suas tradições esotéricas e ocultas.

Em um contexto mais amplo, o Islã pode ter exercido um apelo difuso sobre alguns europeus que eram simplesmente antirreligiosos ou pelo menos anticlericais (no espírito, por exemplo, da "School of Night"[13] elisabetana, e do gracejo de Marlowe[14] de que "Moisés era um prestidigitador"). Parecia que um Islã, que não dependia de qualquer clero oficial ou mesmo de

13 Supostamente um grupo de poetas, cientistas e nobres que tomaram "Night" (noite) como símbolo de um conhecimento mais profundo oculto das pessoas comuns, e que se interessavam por idéias heterodoxas que podem ter despertado suspeitas entre funcionários e os ignorantes. *The Pelican Guide to English Literature. Vol. 2: The age of Shakespeare. Penguin*, 1971, p. 145 (N.E).

14 Christopher Marlowe (1564-1593), foi um dramaturgo, poeta e tradutor inglês do Período Elizabetano, responsável por inovações na dramaturgia que seriam usadas por William Shakespeare, seu coetâneo (N.E.).

dogma, havia se infiltrado na cultura europeia, ou logo o faria. Nesse contexto surge uma longa lista de intelectuais europeus islamófilos. O rosacrucianismo influenciou a maçonaria, que influenciou o Iluminismo, que influenciou Nietzsche. Algumas destas tendências e indivíduos de fato sabiam alguma coisa sobre o Islã, mas em sua maior parte era apenas uma questão de "o inimigo do meu inimigo é meu amigo". Se os padres odeiam o Islã; eu odeio padres; portanto, eu gosto do Islã. Mesmo nos anos 1880, a visão de Nietzsche do Islã ainda era bem bidimensional – ele parecia vê-lo como uma irmandade de monges guerreiros aristocratas – mas sua imagem do Islã foi o clímax de uma *tradição de livre-pensadores* que o viam principalmente como uma espécie de *anticristianismo*.

Por sua vez, o hermetismo influenciou certas tendências menos intelectuais dentro do protestantismo. Muitos dos extremistas que levariam adiante a Revolução Inglesa dos anos 1640 haviam sido influenciados por Jacob Boehme e outros místicos cristãos de inclinações herméticas. Até os *levellers*,[15] *diggers*[16] e *ranters*[17] das classes trabalhadoras tinham algum conhecimento dos ideais herméticos – tais como a interpretação esotérica das Escrituras; tolerância universal; "monismo panteísta"; o contato direto com o divino sem a intermediação de padres ou da Igreja; uma tendência ao antinomianismo; uma crença na santidade da Natureza; uma inclinação a ver "Deus" como "Razão Universal" (ou *mente*); fé no poder da imaginação para mudar

---

15 Membros de um dos grupos radicais que surgiram durante a Guerra Civil inglesa. Advogavam o sufrágio masculino, igualdade perante a lei, democracia parlamentar e tolerância religiosa (N.E).

16 Comunistas agrários da mesma época. Dissidência radical dos *levellers* (N.E).

17 Grupo religioso panteísta, antinomista e individualista na Inglaterra do século XVII (N.E).

a realidade; igualitarismo social; o milênio ou o "mundo virado de cabeça para baixo" e etc.

Não há indícios de que algum *ranter* tenha se interessado pelo Islã. No entanto, há motivos para se acreditar nas ligações entre "ranterismo" e pirataria. A "Ranter Bay", em Madagascar, abrigou uma utopia pirata no final do século XVII, e vários *ranters* foram exilados para o Caribe durante a "era de ouro da pirataria" na região. Certos aspectos do pensamento islâmico poderiam ser atraentes para extremistas protestantes - como o antitrinitarianismo, a natureza humana e mágica de Jesus, a hermenêutica das escrituras, a "democracia espiritual", e até o conceito de Guerra Santa. Os *ranters* (ou outras seitas semelhantes), que se especializavam em ousados e ultrajantes paradoxos espirituais e extremismos antinomistas, poderiam ter tido alguma influência sobre os marginalizados e rebeldes que estavam destinados a irem parar em Argel ou Salé.[18]

Um *ranter* ou proto-*ranter*, que gostava de "blasfemar gloriosamente" e pregar em tavernas enquanto fumava e bebia, com uma prostituta sentada sobre o joelho, também poderia se sentir atraído pela imagem europeia da *sensualidade* do Islã. Com efeito, o Islamismo é uma religião mais favorável ao sexo do que o cristianismo, e até certo ponto vê o prazer como benesse divina. Os céus do Alcorão com suas húris, escanções, jardins e fontes de vinhos sempre foram famosos entre os cristãos insatisfeitos com a ênfase na castidade, virgindade e automortificação de suas próprias tradições. No nível popular, o estereótipo do "turco lascivo" preservou uma caricatura desta sensualidade sagrada do Islã. O Oriente começou a ser visto

---

18 Além das obras clássicas de Hill (1978) e Cohn (1970), veja Friedman (1987); Morton (1970); Smith (1983). Para ligações entre *ranters* e piratas, veja Hill (1985; p. 161- 187).

(em geral veladamente) como um lugar onde desejos proibidos poderiam ser realizados.

Finalmente, o Islã era o *inimigo* da civilização cristã europeia. Como Marcus Rediker (1987) apontou, no século XVII o mundo naval já revelava certos aspectos da Era Industrial que acenavam no horizonte do futuro. Os navios eram, de certa forma, como fábricas flutuantes, e os trabalhadores navais constituíam uma espécie de *protoproletariado*. As condições de trabalho nos navios mercantes da Europa representavam um retrato abissal do capitalismo emergente em seus piores aspectos e as condições nas armadas europeias eram ainda mais horrendas. O marinheiro tinha todos os motivos para se considerar a figura mais baixa e rejeitada de toda a economia europeia, desprovido de qualquer voz nas instituições governamentais, impotente, mal pago, tratado com crueldade, torturado, entregue ao escorbuto e às tempestades em alto mar, virtual escravo de mercadores ricos e donos de navios, e de reis avarentos e príncipes gananciosos. Tanto Christopher Hill quanto Rediker, baseando-se no trabalho anterior de J. Lemisch, apontaram que, em tal contexto, a pirataria deve ser estudada como uma forma de *resistência social*. O pirata, que (nas palavras de um dos entrevistados de Daniel Defoe) "estava em guerra contra o mundo", era em primeiro lugar o inimigo de sua própria civilização. E novamente, "o inimigo do meu inimigo" poderia se revelar meu amigo. Eu odeio a Europa. A Europa odeia o Islã. Portanto... deveria eu talvez gostar do Islã? O que poderia um leitor inglês alfabetizado mas não especialmente culto saber sobre o Islã, digamos, em 1637? Neste ano, um embaixador da República Corsária Moura de Salé visitou Londres, e um jornalista profissional lançou uma brochura sobre esta maravilha. Diz ele:

> Quanto à religião deles, observam estritamente a lei de Maomé. Eles dizem que Cristo foi um grande Profeta, nascido para ser um

Salvador do mundo (mas não encarnar), o Sopro de Deus, que nasceu de uma Virgem, e que os judeus deviam ter acreditado nele, mas não o fizeram; e pelo fato de que eles o assassinariam e crucificariam, ele os abandonou e subiu aos Céus, e eles mataram outro homem em seu lugar, atormentando-o e crucificando-o cruelmente. Portanto, estes maometanos sustentam e consideram que os judeus são os piores homens, os verdadeiros escravos de todas as nações do mundo.

O único livro de sua religião é chamado de Alcorão, imaginado pelo falso profeta Maomé, que pertencia à nação deles, um árabe (*larbee*). Eles não podem usar qualquer outro livro para suas devoções, nem, sob pena de perderem a vida, ousar examinar ou questionar qualquer parte dele; mas se alguém for desconfiado ou qualquer ponto ou frase for intrincada, e difícil de ser compreendida por qualquer um deles, então é lícito perguntar o significado ao *talby*, que é um pobre sacerdote pouco instruído. São todos circuncidados, e fazem uma espécie de batismo, mas não em suas igrejas, e sim em suas casas.

Sua Quaresma é mais ou menos na mesma época que a nossa, e dura trinta dias; mas eles não comem nem bebem nada durante todo o período entre a aurora e o crepúsculo, fazendo-o somente quando as estrelas aparecem. Em compensação pelo jejum do dia, eles se alimentam extravagantemente a noite toda. O sacerdote ou *talby* que não consegue ler todo o livro do Alcorão (ou Lei de Maomé) na noite da Sexta-Feira Santa deles é tido como indigno de sua posição e função. Eles entoam suas preces seis vezes todos os dias e noites, e se lavam com muita frequência. Não têm sinos que os chamem para a igreja, mas o que é clérigo ou sacristão tem uma poderosa voz, e vai para o topo do campanário e de lá brame um aviso para que as pessoas venham orar. Os homens não entram em suas igrejas usando sapatos. A cada um de seus *talbies* ou sacerdotes é permitida uma esposa ou esposas de acordo com a vontade deles. Os leigos podem manter cativas, mas não podem se deitar com elas durante a noite, porque a noite pertence às esposas em rodízio, e se qualquer esposa for lograda em sua vez, ela pode ir ao magistrado para buscar reparação. Aquele que tem quatro esposas deve ser rico; a um pobre é permitido o mesmo número, mas seus meios são parcos demais para mantê-las; portanto uma ou duas devem dar conta. O noivo e a noiva não se vêm antes da noite de núpcias, quando vão para a cama, onde, se ele descobre que ela é virgem, tudo está bem; de outra feita, ele pode mandá-la embora sem devolver qualquer parte do dote que ela entregou a ele.

Seus sacerdotes não são avarentos nem amantes de dinheiro ou riquezas, razão pela qual se sentam diariamente em todas as vilas e cidades para ouvir e decidir demandas, que devem ser corroboradas por testemunhas que não se descubra serem, ou que se saiba serem, de má fama por serem ébrios, adúlteros, profanadores, escandalosos (porque se é sabido o serem, seu testemunho não será levado em consideração). Igualmente, se o acusado puder provar que a testemunha que foi contra ele não fez suas preces seis vezes em vinte e quatro horas como devia, ele ou eles serão desqualificados a prestar testemunho, ou a testemunhar em qualquer demanda; mas, diante de provas justas e honestas, a causa mais morosa é concluída em uma semana ou oito dias no máximo.

São justos em suas palavras e promessas; por isso há pouco uso de faturas, títulos ou obrigações entre eles (o que é o motivo de dificilmente existir um escrivão rico em Marrocos, Fesse ou Sus), porque quebra de uma promessa é tida como uma desgraça irremediável entre eles. Aquele que é pego com pesos ou medidas falsificados tem todas as mercadorias de seu estabelecimento entregues para os pobres, e passa a ser uma pessoa má afamada, e é cruelmente açoitada. O modo de execução da pena de morte mais comum é a pessoa condenada a morrer ter sua garganta cortada pelo verdugo.

No todo, uma mistura interessante de fatos e fantasias, bem positivas [*Sources Inédites*, p. 381-384]. Voltaremos a estes temas especulativos, tentaremos vê-los mais claramente no contexto específico da República Corsária de Salé. Mas, antes que possamos levar avante tal empreitada, precisamos saber mais sobre o contexto histórico da República, e sobre seu principal recurso econômico – a pirataria. Especificamente, precisamos saber mais sobre a história de toda a costa da Barbária e dos protetorados otomanos de Argel, Túnis e Trípoli.

DEMOCRACIA POR ASSASSINATO

Os argelinos são um bando de patifes, e eu sou seu capitão[19]
Dei de Argel para um cônsul europeu.

Túnis, Trípoli e especialmente Argel têm sido estudadas de forma mais minuciosa do que Salé. Não compensaria devotarmos uma atenção detalhada aos estados da costa do Mediterrâneo. Quase qualquer livro sobre a história dos piratas vai dizer alguma coisa sobre Argel, e existem muitas obras dedicadas exclusivamente a este respeito. Salé, menor e mais distante do olhar da Europa, nos interessa não apenas porque é menos conhecida, mas também por causa de sua *independência política*. Ainda assim, Salé fazia parte de um "quadro geral" que precisamos conhecer ao menos em seus delineamentos. A *Encyclopædia Britannica* (edição de 1953), que sequer menciona Salé em seu verbete "Barbary Pirates" [Piratas da Barbária], nos diz:

> O poder da população pirata da costa do Norte da África surgiu no século XVI, alcançou seu ápice no XVII, declinou rapidamente por todo o século XVIII e se extinguiu apenas no século XIX. De 1659 em diante, as cidades costeiras da Argélia e da Tunísia, embora nominalmente fizessem parte do império turco, na verdade eram repúblicas militares anárquicas que escolhiam seus próprios governantes e viviam de pilhagens. O lado naval deste banditismo duradouro era comandado por capitães, ou *reises*, que formavam uma classe ou até uma corporação. Cruzadores eram equipados

19 (Spencer, 1976, p.58).

por capitalistas e comandados pelos *reises*. O tesouro do paxá ou de seus sucessores, que assumiam o título de agá, dei ou bei, recebia 10% do valor do butim... Até o século XVII, os piratas usavam galés,[20] mas Simon Danser, um renegado flamengo, ensinou-lhes as vantagens do uso de veleiros. Na primeira metade do século XVII, dizia-se que mais de vinte mil cativos estavam presos só em Argel. Aos ricos permitia-se que resgatassem a si mesmos, mas os pobres eram condenados à escravidão. Seus senhores em muitos casos não lhes permitiam obter a liberdade professando o maometismo. No início do século XIX, a Tripolitânia, devido a suas práticas piratas, se envolveu várias vezes em guerras contra os Estados Unidos. Depois da pacificação geral de 1815, os britânicos fizeram duas tentativas vãs de acabar com a pirataria de Argel, que deixou de ser praticada apenas em 1830, quando a cidade foi conquistada pelos franceses.

Note que o Islã é chamado de maometismo. Note que estes "maometanos" piratas se recusavam "em muitos casos" a permitir a conversão. A conclusão lógica é que em *alguns* casos eles o permitiam – mas o autor prefere evitar esta conclusão e falar apenas em termos negativos sobre meros "maometanos" e piratas.

Dois termos políticos interessantes que são usados aqui – "anárquicas" e "capitalistas" – podem não ser muito apropriados. "Capitalista" soa contemporâneo demais para descrever os mercadores e capitães donos de navios que alimentavam a economia dos estados corsários. Além do mais, presumo que o autor não está pensando em *anarquismo* quando ele usa o ter-

---

20 Galé ou galera - do grego - podem designar qualquer tipo de navio movido a remos. Algumas variações possuem mastros e velas para auxiliar a propulsão; eram navios muito usados no Mediterrâneo (N.E.).

mo "anárquicas", mas que esteja apenas brandindo esta palavra para indicar *violenta desordem*. Argel era vassala do Império Otomano, e assim não poderia ter alcançado uma forma anarquista de organização em qualquer sentido estrito da palavra. Quanto à acusação de *violenta desordem*, alguns estudiosos têm perguntado como Argel poderia ter sobrevivido por séculos como um "estado corsário" sem algum tipo de continuidade e estabilidade internas. Historiadores eurocêntricos anteriores e escritores sensacionalistas que escreveram sobre pirataria nos dão uma impressão de Argel como uma espécie de horda voraz em estado de excitação permanente; ao passo que estudiosos mais recentes e menos chauvinistas como William Spencer (1976) tendem a enfatizar a estabilidade de Argel e procurar explicações possíveis para sua bem sucedida duração. O horror quase moralista embutido em um termo com "anárquico", quando aplicado ao Norte da África, tende a obscurecer o fato secreto de que os historiadores frequentemente estão no negócio de dar justificações retrospectivas para o imperialismo e o colonialismo – a voracidade verdadeiramente abominável – da Europa dos séculos XVIII e XIX. Se for possível mostrar que Argel era um sumidouro de todos os valores humanos decentes, então poderemos continuar a acreditar na "missão civilizadora" das aventuras coloniais subsequentes da Europa na África e em outras partes. Daí a necessidade de uma maciça *revisão* da história escrita pelos pseudorracionalistas europeus (e euro-americanos) apologistas da pirataria praticada por estados-nações cristãos brancos, em oposição à pirataria praticada por meros "anarquicalistas" mouros.[21]

---

21 Uma expressão útil para os enclaves piratas - talvez não exatamente a *mot juste* - poderia ser "anarquia organizada", originalmente utilizada por E.E. Evans-Pritchard para explicar a organização social dos Nuer, e citada por Richard Drinnon, que a aplica

Na verdade, o governo de Argel parece não ter sido nem anárquico nem anarquista – mas sim, pelo contrário, de um modo estranho e inesperado – *democrático.* Ao contrário das nações europeias, que gradualmente sucumbiram ao absolutismo dos reis, Argel exibia sinais de uma estrutura mais "horizontal" e igualitária. Em teoria, é claro, esteve sempre subordinada à política e à orientação imperiais turcas, mas na prática a cidade-estado era dirigida por várias "câmaras" de soldados janízaros[22] e celebridades corsárias, que faziam sua própria política – e às vezes expulsavam os representantes do sultão de volta para Istambul com a recusa peremptória de cumprir a vontade da *Sublime Porta.*

Até certo ponto, os protetorados ou "Regências" de Argel, Túnis e Trípoli eram realmente um "negócio de estrangeiros", e talvez devessem até ser chamadas de quase colônias. Em Argel, o *Ocak*, ou corpo regente de janízaros, era composto – por lei – não por nativos daquelas regiões (mouros, árabes e berberes), e sim por "turcos". Mas é ainda mais complicado: o corpo de janízaros era originalmente composto não de anatolianos nativos, nem mesmo de muçulmanos de nascença, mas de *escravos do*

à "república branca-indígena da Fredonia", fundada no Texas pelo chefe Cherokee Richard Fields e pelo fascinante John Dunn Hunter, um branco que fora capturado pelos indígenas na infância, tendo posteriormente ido a Londres, onde conheceu Robert Owen e outros radicais, retornando aos EUA em 1824. Hunter era outro tipo de Renegado - um convertido ao "indianismo" - e, como tal, foi odiado e denunciado. A Fredonia falhou e Hunter foi assassinado em 1827 (Drinnon, 1972, p. 208).

22 Os janízaros constituíram a elite do exército dos sultões otomanos. A força, criada pelo sultão Murade I, era constituída de crianças cristãs capturadas em batalha, levadas como escravas e convertidas ao Islã. Seu código de conduta era rigoroso e obrigava: obediência absoluta aos oficiais e abstinência de álcool (N.E.).

sultão, recrutados quando crianças de acordo com o "tributo em meninos" que era cobrado pelos otomanos em áreas tão afastadas do império quanto a Albânia cristã. Eles eram treinados, convertidos ao Islã e a princípio usados como o equivalente otomano da Guarda Pretoriana. Os irmãos Barba-roxa, que fundaram a Regência de Argel, eram albaneses, ou talvez das ilhas gregas, de nascimento. No entanto, receberam permissão para começar a recrutar anatolianos nativos para a divisão argelina do corpo regente, e com o tempo até os Renegados europeus foram admitidos. O *Ocak*, como os cavaleiros de São João de Malta, compreendia ao mesmo tempo uma ordem militar em uma guerra santa, um exército de ocupação e um governo. Parece que nenhum dos membros do *Ocak* nasceu no Norte da África – e, de fato, se um janízaro se casasse com uma nativa e tivesse filhos, estas crianças não seriam aceitas como membros do *Ocak* (uma situação que levou a que tais "mestiços" fizessem várias rebeliões sem sucesso). Argelinos de nascença podiam e efetivamente alcançavam proeminência e poder como *corsários*, mas nunca como administradores militares. Hamida Reis, o último grande capitão (em árabe, *Ra⊠īs*) argelino do século XIX, era um puro berbere cabila. Mas em Argel era meio que uma exceção. De qualquer forma, a "democracia" do *Ocak* excluía nativos de Argel – e, no entanto, ao mesmo tempo tendia a uma independência cada vez maior da Turquia. Se era algum tipo de "colônia", era, apesar disso, apenas frouxamente ligada ao torrão natal, diferentemente dos "departamentos ultramarinos" franceses. E os "turcos" sempre se mantinham mais próximos dos nativos do que qualquer colonizador europeu do século XIX, devido à religião compartilhada. Por mais que os mouros e os berberes possam ter odiado os turcos, uniam forças com eles quando a armada espanhola ou a francesa aparecia no horizonte.

Queremos comparar o governo de Argel com o de Salé, que talvez em parte o tomasse por modelo. No entanto, esta comparação terá utilidade apenas limitada para nós, precisamente por causa das ligações otomanas de Argel. Com o passar dos séculos, Argel absorveu grande parte da cultura turca. Os janízaros eram em sua maior parte devotados à ordem sufi Bektashi, uma irmandade bem heterodoxa que às vezes usava vinho ritualmente e exibia muitas características xamanísticas turcas (Birge, 1937). A famosa música de marcha dos janízaros foi originalmente uma invenção sufi. Père Dan, sacerdote que foi para Argel nos anos 1630 para resgatar cativos, e que acabou ficando e produzindo uma importante história da Regência, descreve a posse de Abu al-Hassan Ali em 1634 quando de sua chegada de Constantinopla como o novo paxá trienal.

> A cidade enviou duas galés bem equipadas para prestar-lhe homenagem. O corpo de oficiais do Divã se reuniu em número de quinhentos para recebê-lo no porto, onde, assim que desembarcou de sua galé, ele foi recebido com uma salva de umas mil e quinhentas armas dos fortes da cidade e umas quarenta das naus corsárias que içaram as velas e saíram. Então marcharam o Agha dos janízaros acompanhado por dois tocadores de tambor (*cavus*), seguidos pelo principal secretário com vinte e quatro ayabashis, que são os principais Conselheiros de Estado. Seguiram-se de dois em dois os bulukbashis com seus imensos turbantes ornamentados com plumas, depois as fileiras de odabashis; marcharam depois deles seis oboístas turcos com mouros dentre eles, alguns tocando flautas e outros címbalos, o conjunto todo fazendo um som muito estranho que despertou em nós mais medo do que prazer. Por último, o novo paxá, envolvido como sinal de paz em um vasto manto branco. Ele estava montado em um belo corcel berbere ricamente arreado com pedras preciosas, esporas e estribos, rédeas de seda crivadas de turquesas e uma manta bordada artisticamente. Nesta ordem, a procissão entrou na cidade e o paxá foi levado para a residência destinada a ele (Spencer, 1976).

É interessante que Père Dan menciona o terror despertado em "nossos" corações europeus pela música. Os janízaros parecem ter sido os primeiros na história a usar marchas militares, e quando suas bandas apareceram berrando e ribombando ante os portões de Viena, diz-se que soldados cristãos jogaram suas armas ao chão e fugiram só de ouvir o som. Seria interessante saber se o *Ocak* alguma vez embarcou uma banda em uma nau corsária (os janízaros argelinos acompanhavam os piratas como homens de armas, usados apenas quando um navio era abordado e subjugado à força). Os piratas europeus que operavam no Mar das Antilhas e no Oceano Índico nos séculos XVII e XVIII têm a reputação de serem grandes apreciadores de música e de terem contratado profissionais de tempo integral quando tinham condições de fazê-lo. Mas, pelo visto, a música era usada para seu deleite, e não como uma forma de arma psicológica![23]

---

23 Spencer escreveu esta nota sobre os vários tipos de músicas que podiam ser ouvidas em Argel: "a música de Argel era primordialmente de natureza militar, refletindo suas origens otomanas. A banda militar do *Ocak* consistia de vinte e sete instrumentos: oito tambores grandes chamados *davul,* tocados com os dedos, cinco timbales (*nakkare*), dez cornetas, duas trombetas e dois pares de címbalos. O tipo de música era o *mehter,* um estilo rítmico fortemente acentuado, popularizado no Império Otomano pelo corpo de janízaros e sinônimo de pompa e poder militar otomano. Um segundo tipo de música popular era a andaluza, levada por refugiados mouriscos da Espanha e que incorporava o uso de instrumentos orientais como *oud, tar, rebed* (violino de duas cordas) e *ney* (flauta de junco), que se destacavam nas composições dos dervixes mevlevis da Anatólia, em uma escala semitonal. Durante o período da Regência, orquestras andaluzas de vinte ou trinta pessoas podiam frequentemente ser ouvidas nos cafés de Argel, "tocando de ouvido, acelerando para o tempo passar depressa de um compasso

Em Salé, as músicas sufi e militar turcas teriam sido desconhecidas, mas a andaluza – um complexo de influências persas, árabes, mouras, ibéricas (...) – deve ter sido importada para Salé por vários grupos de mouros e mouriscos da Espanha. Novas influências berberes e africanas teriam sido acrescentadas à mistura, dando origem à música clássica do norte do Marrocos mais ou menos como é tocada hoje – e ainda é chamada de *andalusi*.

Em contraste com os outros estados da Barbária, Salé continuou livre do controle e mesmo de grande parte da influência dos otomanos. Uma relação próxima entre corsários de Argel e Salé (discutida abaixo) provavelmente levou a *alguma* influência cultural turca em Salé. Como exemplo, Salé celebrava um feriado especial com o antigo costume turco da procissão à luz de velas. Mas Salé foi sempre ou uma possessão marroquina ou um estado mouro-corsário livre, e lá, nenhum "estrangeiro" jamais tomou o poder.

Estruturalmente, a característica mais notável do *Ocak* de Argel era seu sistema de "democracia por antiguidade". Teoricamente – em sua maior parte até na prática – um recruta ascendia de posto a cada três anos. Se sobrevivesse por tempo suficiente, ele chegaria a tornar-se *comandante-em-chefe* ou "Agá de Duas Luas"... por dois meses. Então se aposentaria e entraria para o Divã, ou câmara de governo do *Ocak*, com direito a voto em todas as questões e compromissos importantes. Isto tudo não tinha nada a ver com "mérito", sendo apenas uma questão de *tempo de serviço*. Tanto o mais humilde servo albanês ou jovem camponês da zona rural da Anatólia quanto o exilado marinheiro europeu cativo que se converteu poderiam igualmente ter esperança de um dia participar do governo – simplesmente *ficando vivo* e servindo à "república corsária", que era

---

a outro, e no entanto, o tempo todo com a maior uniformidade e precisão durante a noite toda", como Renaudot nos conta.

a verdadeira estrutura de poder dentro do protetorado otomano. Como Père Dan colocou: "O estado é um reino apenas no nome, já que, para todos os propósitos, eles o transformaram numa república". Não é de se admirar que o *Ocak* nunca parecesse ter problemas em recrutar novos membros. Em que outra parte do mundo era possível tal "mobilidade e ascensão social"?

O próprio Divã usava uma das mais estranhas "regras de ordem" já imaginadas por qualquer grupo em qualquer país:

> As regras que diziam respeito às reuniões do Divã eram bem simples. Não era permitido que os membros portassem armas de qualquer tipo e guardas armados mantinham a ordem. Não era permitido que os membros usassem os punhos para ações ofensivas sob pena de morte, mas era permitido que expressassem seus sentimentos com os pés, batendo os pés no chão ou chutando. Um cônsul francês quase foi morto quando foi chutado. Todos os discursos eram em turco. Drogomanos traduziam para o berbere, o árabe ou para as línguas europeias quando necessário. A "palavra" era tomada em ordem de antiguidade ou importância, embora a prática costumeira pareça ter sido a do orador orquestrar um coro de gritos da assembleia. Estas sessões eram incrivelmente tumultuadas por causa deste procedimento. Estrangeiros que assistiam ficavam frequentemente convencidos de que estavam lidando com homens selvagens, violentos e irracionais. Os indícios parecem apontar para o fato de que os líderes usavam este procedimento para enfatizar seus programas e para calar quaisquer objeções. Para um inglês, no entanto, tais maneiras de proceder pareciam irracionais. Francis Knight, por exemplo, que no segundo triênio do século XVII passou vários anos em Argel como escravo, pôde, ao que tudo indica, testemunhar estas reuniões do Divã. Seu relato do comportamento deles merece ser repetido:

> "Eles ficam em fileiras, passando a palavra por *chouse* ou *pursuivant*, cutucando uns aos outros com os braços ou cotovelos, elevando suas vozes como se estivessem cheios de cólera ou como uma chaleira fervendo no fogo... Eles têm um método sábio de evitar males maiores, porque sob penas severas são proibidos de beber vinho ou qualquer bebida forte antes da reunião... ou de portar uma faca... Não há em parte alguma do mundo um governo como este..." (Wolfe, 1979, p. 78).

No curso de sua longa luta, Argel testemunhou todo tipo de velhacaria, tumulto, rebelião, corrupção, assassinato político e desordens conhecidos pela humanidade – e mesmo assim, de alguma forma, conseguiu sobreviver e florescer. Alguns chegaram até a definir sua forma de governo como "democracia por assassinato". Mas era mais corrupta e violenta do que os outros estados do século XVII (ou qualquer outro século)? Era tão mais caótica do que, digamos, as monarquias europeias, tão selvagem que poderia se vangloriar de uma liberdade que só poderia ser conquistada – pelo menos aquelas bem sucedidas – por meio do caos? Ou será que os relatos (de visitantes europeus, lembre-se) enfatizam excessivamente o lado negativo e nos apresentam uma caricatura perversa de Argel? Minhas suspeitas são de que a vida diária da cidade não era nem mais nem menos violenta, considerando-se toda a história da humanidade, do que a vida diária de muitos outros grupos humanos. Argel era diferente porque sua economia dependia da violência *fora* de suas fronteiras – as ações dos corsários. E era mais democrática do que as monarquias europeias ou islâmicas. Estariam estas duas características de alguma forma *ligadas*? Prefiro deixar esta questão em aberto.

O equivalente corsário do Divã era o *Taiffe reisi*, ou Conselho de Capitães. Infelizmente sabemos muito menos sobre ele do que sobre o Divã porque os corsários não tinham burocratas otomanos e *hocas* (escribas instruídos) que servissem de escrivães. O *Taiffe* foi comparado à guilda medieval, mas isto é enganador na medida em que o proto-sindicato corsário era também na realidade um corpo diretor (ou ao menos consultivo) dentro da Regência. O Divã e o *Taiffe* podem às vezes ter competido ou entrado em conflito em lutas de poder, mas podemos estar certos de que nenhum dos dois iria se arriscar levianamente a alienar o outro. Para proteção política, financiamento e homens de armas, os corsários dependiam do *Ocak*. O Divã dependia do *Taiffe* para sua sobrevivência econômica, a própria prosperidade da Regência, que vivia, em grande parte, da pilhagem dos piratas e do dinheiro dos resgates. Aparentemente, o Divã de Salé se baseava na estrutura do *Taiffe* de Argel (e não na estrutura do divã do *Ocak*), então é uma pena que saibamos tão pouco sobre a organização do *Taiffe*. Diferentemente do *Ocak*, a antiguidade, lógico, não funcionaria como *modus operandi*. O *reis* era um capitão por mérito (ou "sorte", como a maioria dos piratas dizia) ou por ser proprietário de um ou dois navios. É claro que, mais uma vez, um humilde jovem grumete de pirata (como Hamida Reis) podia ter esperança de vir a ser Almirante de Esquadra algum dia, não importando sua classe ou raça de origem – uma situação muito diferente daquela na Marinha Britânica. E sabemos que o *Taiffe* decidia as questões e escolhia seus líderes democraticamente por voto. No todo, talvez a forma Divã-e-*Taiffe* de "bicameralismo" de Argel nos séculos XVI e XVII possa ser vista como uma precursora dos governos republicanos da América e da França, que só apareceram *séculos mais tarde*. Quanto à genuína República de Salé, precedeu até a estrutura de protetorado-*Commonwealth* da Inglaterra revolucionária (dos anos 1640 e 1650). Um pensamento estranho: terá a democracia europeia, na verdade, um *débito direto* com os corsários? Ninguém jamais admitiria isso abertamente, é claro, já que os corsários da Barbária eram gentios – mas, como Rediker observa, os marinheiros eram o proletariado do século XVII, e poderíamos imaginar boatos circulando de navio em navio (a Inglaterra mandou uma frota para Salé em 1637!) sobre a liberdade invejável dos corsários e dos Renegados.[24]

24 Em 1659, o paxá nomeado pelos otomanos exigiu uma percentagem maior dos ganhos dos corsários: isto causou uma revolução que acabou com o poder dos paxás de Argel. Um *bulukbashi*, Khalil, arregimentou o divã para uma insurreição que "reestabelecesse os antigos costumes". Alegava-se que estes "costumes antigos" eram uma constituição que colocava todos os poderes efetivos nas mãos do Agá janízaro e do Divã. É claro que isso era mitologia pura, mas como os revolucionários de meados do século dezessete da Inglaterra, França, Barcelona, Nápoles e de outras partes, o Divã de Argel insistia que só queria voltar para as formas antigas. Ninguém naquela época admitiria ser um "revolucionário". O resultado, no entanto, foi revolucionário. Poucos anos depois, d'Aranda pôde escrever: "O paxá... reconhece alguma subordinação ao grão-senhor da boca para fora, mas dá pouca importância às suas ordens... Os soldados lhe inspiram mais medo do que o grão-senhor." Eles haviam se tornado os governantes de Argel, deixando o paxá como dignitário protocolar, recebendo salário, mas sem poderes (Wolfe, 1979, p. 84).

UM BANDO DE PATIFES

Devemos deixar de lado o fascinante desenrolar das estruturas políticas da história subsequente de Argel simplesmente porque não ajudaria para compreendermos nosso principal interesse: Salé. Quanto ao que poderia ser chamado de etnografia específica ou sócio-história da pirataria de Argel, certamente voltaremos a ela em busca de material comparativo quando discutirmos, por exemplo, os costumes eróticos ou a política econômica dos corsários do Bou Regreg, em Marrocos. Agora, mais um tema argelino deve nos deter antes de irmos para o extremo-oeste – os Renegados.

Uma imensa proporção – alguns dizem a maioria – de capitães e tripulações argelinos eram de fato "estrangeiros" de algum tipo. Mouros, andaluzes e mouriscos da Espanha introduziram novas técnicas nos arsenais e canhões, e muitos eram também marinheiros experimentados. Uma mistura de "levantinos" do leste do Mediterrâneo – incluindo gregos, egípcios, sírios, ilhéus e a gentalha e ralé de sempre de todos os portos – prestaram serviços à jihad em Argel. Montanheses albaneses, montanheses otomanos dos Bálcãs e bandidos foram entrando junto com o contingente turco. E é claro que havia Renegados de todos os países da Europa (especialmente do litoral do Mediterrâneo), tanto voluntários quanto cativos convertidos:

> Entre 1621 e 1627, dizia-se que havia vinte mil cativos cristãos na capital corsária, incluindo portugueses, flamengos, escoceses, ingleses, dinamarqueses, irlandeses, húngaros, eslavos, espanhóis, franceses, italianos; e também sírios, egípcios, japoneses, chine-

> ses, sul-americanos, etíopes, o que atesta a composição étnica poliglota do mundo marítimo naquela época. Os registros dos trinitários[25] sobre apostasia são igualmente reveladores, embora dolorosos para o ego apostólico. Entre 1609 e 1619, observou Gramaye, dentre os Renegados que voluntariamente renunciaram à sua fé pelo consolo do Islã, havia "oitocentos e cinquenta e sete alemães, cento e trinta e oito hamburgueses, trezentos ingleses, cento e trinta holandeses e flamengos, cento e sessenta dinamarqueses e orientais, duzentos e cinquenta poloneses, húngaros e moscovitas" (Spencer, 1976, p.127).

Uma tropa inteira de espanhóis abraçou o Islã para evitar o cativeiro, e ao que tudo indica os soldados foram totalmente absorvidos, assim como alguns africanos negros, levados para o norte em caravanas de escravos, que compraram sua liberdade e se juntaram à grande corrida do ouro dos corsários. Judeus, tanto nativos quanto estrangeiros (incluindo marranos[26] e convertidos da Espanha e outros grupos sefarditas), prestaram serviços a todos os estados da Barbária como mercadores e financistas, e frequentemente alcançaram muito poder nos conselhos de governo. Mercadores, cônsules, monges e sacerdotes trinitários europeus formavam uma pequena plateia chocada para esta exótica coalizão multicor de bandidos, e felizmente alguns deles escreveram suas impressões e memórias. Os piratas não nos deixaram uma palavra.

A figura heróica e romântica dos corsários era Khair ed-Din (Khizr Reis) Barba-Ruiva. Herdeiro de uma família de piratas (de provável origem albanesa, mas residente na ilha de Lesbos),

---

25 Relativo à ordem da Trindade, ordem religiosa aprovada e confirmada em 1198 para a redenção dos cativos (N.E.).

26 Judeu espanhol ou português convertido à força ao cristianismo, mas que continuava a praticar o judaísmo em segredo. (N.E.)

que chegou à parte oeste do Mediterrâneo como agente do poder mameluco do Egito que estava em declínio. De Túnis, ele e seus irmãos se juntaram aos mouros de Granada para atacar a costa espanhola. Organizaram sua própria frota de mercenários e vendiam seus serviços a vários regimes do norte da África. Quando possível, assassinavam o governante local e tomavam a cidade (Bougie, 1512, Djidjelli, 1514, Argel, 1515). A ilha de Djerba por um tempo serviu como seu quartel-general. Por volta de 1518, pressionado pela Espanha, Khair ed-Din pediu a ajuda do sultão otomano Selim I, o Magnífico, e foi nomeado vice-regente ou beilerbei [bei dos beis] de Argel. Enfim, conseguiu expulsar os espanhóis de sua fortaleza insular na baía de Argel em 1529 e tomou Túnis em 1534.[27] O imperador o nomeou comandante de toda a armada turca. Os otomanos tinham um tratado com a França na época, e Barbarossa apareceu ao largo da costa da Provença como aliado. Mas era tão poderoso que proibiu que tocassem os sinos das igrejas (um som ofensivo na tradição islâmica) enquanto sua frota estivesse ancorada no porto. Morreu na própria cama em seu palácio em Constantinopla, e seu filho Hassan Barbarossa o sucedeu como beilerbei de Argel. Um verdadeiro épico pirata, do nada para a riqueza: o sonho dos Renegados (Spencer, 1976, p. 18). Na geração seguinte, o herói renegado foi Morat Reis, outro albanês, que construiu sua reputação capturando um duque siciliano e saqueando um galeão papal.

---

27 Quando Khair ed-Din tinha uns 50 anos, ele capturou uma jovem nobre italiana, Marie de Gaetano, e casou-se com ela. Wolfe menciona também que a esposa de um dos últimos deis de Argel era uma "renegada inglesa". Talvez possamos nos permitir imaginar que nem todas estas esposas fossem cativas infelizes, que algumas delas gostaram da aventura.

> Sua aventura mais ousada, no entanto, foi levar uma esquadra de quatro galeotas através do Estreito de Gibraltar até Salé, onde três capitães piratas se juntaram a ele, e dali seguiram até às Canárias. Os corsários saquearam Lanzarote, capturaram a esposa e a filha do governador e centenas de pessoas de menor importância. Depois de um passeio ao redor das ilhas e vários outros desembarques para mais butins e prisioneiros, içaram uma bandeira para entrarem em negociação e permitiram que pagassem resgate pelos cativos mais importantes. Os outros foram levados de volta para Argel ou Salé como escravos. Os espanhóis, avisados da volta dos corsários, tentaram interceptá-los no Estreito de Gibraltar, mas Morat Reis conseguiu evitar a armada de Don Martin de Padilla durante uma tempestade e levou sua pequena flotilha para Argel. Foi um ataque ousado, e mais ousado ainda porque uma galeota não era realmente uma nau adequada para o Atlântico. Os cristãos gostavam de acreditar que Deus puniu Morat Reis fazendo com que seu filho morresse pouco antes de seu retorno, mas a história, contada no depoimento sobre o ataque à Inquisição, pode não estar totalmente correta (Wolfe, 1979, p. 146-7).

Morat Reis parece ter dado início à "conexão de Salé" em Argel, o que levou a um esquema singular para o benefício mútuo das duas cidades. Quando Argel assinava um tratado de paz com alguma nação europeia – uma ocorrência frequente na complexa teia de punhaladas nas costas diplomáticas em torno da bacia do Mediterrâneo – então Argel concordava em não atacar os navios daquela nação – por exemplo – a Inglaterra. E, enquanto isso, digamos que Salé estava em paz com a França, e os navios franceses eram vetados para os "*Sally Rovers*".[28] Assim, quando um corsário argelino se aproximava de uma nau francesa, hasteava a bandeira de Salé, e não levanta suspeita. Tendo tomado

28 Ladrões de Salé (N.T.)

o barco francês, voltava para as cores argelinas e retornava para Argel (onde barcos capturados franceses são permitidos) para vender a carga e os cativos. E um barco de Salé podia pregar a mesma peça em um navio da Inglaterra. Desdobramentos ulteriores podem ser imaginados, especialmente considerando que naus de Argel e Salé podiam usar livremente os portos um do outro para reparos, venda de butim, descanso e recreação.

Ali Bitchnin (corruptela de seu nome, Picenino) prosperou em Argel durante o mesmo período (anos 1630 a 1660), que também viu o estabelecimento da República do Bou Regreg em Marrocos, e que parece ter sido a verdadeira era de ouro dos corsários da Barbária.

> Ele era um italiano, alguns dizem de Veneza, de nome Piccino, que chegou em Argel comandando uma nau pirata que ele havia navegado desde o Adriático. Converteu-se ao Islã e rapidamente alcançou proeminência no *taiffe* por causa de sua ousadia e bravura. Os navios que capturava o deixaram rico, e ele reinvestiu em novos navios corsários até que sua própria flotilha lhe granjeou o título de Comandante de Argel. Possuía dois palácios na cidade, uma vila nos subúrbios, vários milhares de escravos, joias, armadura e grande riqueza em mercadorias. Construiu uma suntuosa terma pública e uma grande mesquita em Argel, como um presente para a cidade. Tinha sua própria guarda pessoal de soldados de infantaria, assim como cavalaria, recrutada principalmente dentre os membros da tribo kuku, cujo sultão veio a ser seu sogro. Nos anos 1630, os padres trinitários mandaram cartas de Argel contando que recorriam a ele e não ao paxá como verdadeiro regente da cidade. Francis Knight, um de seus escravos, chamava-o de grande "tirano" que não respeitava ninguém, nem mesmo o grão-senhor. No entanto, nem todos os seus escravos viam seu destino como "primorosamente miserável" ou seu senhor como tirano. Uma história fala de um maometano fanático

que, desejando alcançar o paraíso matando um cristão, implorou a Bitchnin pelo privilégio de matar um de seus escravos. O corsário concordou, mas armou um homem forte com uma espada e depois convidou o suplicante a encontrá-lo em um pomar. Quando ele fugiu, Ali Bitchnin zombou dele. Outro escravo devolveu um diamante que havia "encontrado". Bitchnin fez comentários sobre a estultice de não ter aproveitado a oportunidade e conseguido a liberdade!

Ali Bitchnin provavelmente ambicionava usurpar o controle da regência. Sua aliança com o sultão Koukou, sua guarda pessoal de centenas de soldados, sua marinha pessoal, suas relações com os líderes culugli, tudo aponta para ambições políticas. Sofreu um sério revés em Vlone, onde perdeu oito galeões (Knight garantiu sua liberdade naquela batalha; ele era escravo a bordo de uma das naus que foi capturada) e dois mil escravos. Poucos anos depois, quando o sultão planejou um ataque a Malta, Ali Bitchnin se recusou a permitir que forças navais argelinas fossem, a menos que o sultão pagasse um subsídio adiantado. A *Sublime Porta* mandou um *chaouch* (mensageiro ou emissário) a Argel para arrancar a cabeça de Ali Bitchnin. Tanto o *chaouch* quanto o paxá tiveram que fugir para uma mesquita para escapar da ira dos seguidores do almirante corsário. Naquela altura, no entanto, o paxá se recusou a pagar o salário dos janízaros, e a corporação exigiu que Ali Bitchnin fornecesse o dinheiro. Ao que tudo indica, ele ainda não havia preparado seus homens para um golpe. Bitchnin fugiu para o território do sogro, e os janízaros saquearam as casas de sua cidade, assim como o bairro judeu. O que veio a acontecer depois? A *Sublime Porta* obviamente temia que Ali Bitchnin pudesse voltar para Argel com um exército de cabilas. Então mandou dinheiro, o perdão e honrarias que chegaram perto de transformá-lo no paxá, mas, quando ele voltou para Argel com o *chaouch* do sultão, logo ficou doente e morreu. Seu funeral foi realizado com pompa quase real, mas muitos suspeitavam que ele havia sido envenenado sob ordens do sultão (Wolfe, 1979, p. 148-9).[29]

Simon Danser, o "Velho Dançarino" ou "*Diablo Reis*", foi o famoso corsário que (de acordo com a lenda, pelo menos) ensinou os africanos do norte a abandonar suas ultrapassadas galés mediterrâneas a remo com velas latinas e a passar a velejar em "barcos arredondados", isto é, de estilo europeu com velas longitudinais de popa a proa (como as famosas caravelas de Colombo). Danser e seu camarada, o Capitão Ward, conseguiram fama suficiente para aparecerem como personagens da peça de Thomas Dekker, *If this be not a good play, the Devil is in it*[30] (Ewen, 1612, p. 3).

Natural de Dordrecht, Holanda, Danser chegou a Argel vindo de Marselha, onde estabelecera residência, casara e entrara para o ramo de construção naval. Não está claro o que fez com que virasse renegado e se decidisse por uma carreira de corsário, mas três anos após sua chegada ele havia se tornado o *reis* principal do *taiffe* e ganhara o cognome de *Deli-Reis*, "Capitão Demônio", por causa de suas façanhas audaciosas. Usando barcos capturados como modelos, Danser ensinou a seus companheiros o manejo e a navegação de barcos arredondados equipados com conveses altos, velas em séries e canhões. Ele foi pessoalmente responsável pela captura de quarenta barcos que foram incorporados à frota

29 A mesquita de Ali Bitchnin, construída em 1622, era baseada em modelos otomanos, com uma "cúpula octogonal sobre um átrio quadrado central em arcadas, com cúpulas octogonais menores servindo de teto das arcadas." [Spencer, 1976, p.77] Construir uma mesquita não é prova de conversão sincera, é claro, mas demonstra que Ali Bitchnin pelo menos queria parecer devoto.

30 Se esta peça não é boa, o diabo está nela (N.T.).

> corsária. Da época de Danser em diante os argelinos recomporiam suas perdas com navios capturados e produtos de seu próprio estaleiro. Danser também levou os argelinos mais longe do que haviam navegado antes. Atravessaram o Estreito de Gibraltar, adentraram o Atlântico, e foram até a Islândia, onde uma esquadra corsária assolou a costa em 1616...
>
> Por ironia, Danser, que parece ter guardado sua fé cristã, ao menos em segredo, usou a captura de um navio espanhol que levava dez jesuítas de Valência como meio de informar secretamente a corte francesa de Henrique IV de suas intenções: voltar para Marselha, onde ele havia deixado esposa e filhos. Os franceses concordaram, impondo a condição aceita, de que os jesuítas voltassem a salvo, o que foi feito. Em 1609, Danser reencontrou sua família e a câmara de vereadores de Marselha restabeleceu sua plena cidadania. Uma vez corsário, porém, sempre corsário, seja a serviço da França cristã ou da Argel muçulmana, e em 1610 Danser apresentou ao rei e aos vereadores de Marselha uma ousada proposta de uma expedição contra Argel que – dado sua extraordinária intimidade com a cidade – provavelmente teria derrubado o governo da Regência. Mas os franceses, descrentes da lealdade do ex-corsário, se recusaram a considerar seu projeto (Spencer, p. 1976, 125-6).

O Velho Dançarino, no entanto, foi de fato a *casus belli* da guerra entre a França e Argel. Parece que

> Danser, grato pelo generoso tratamento dispensado pelo governo francês, presenteou o Duque de Guise, governador da província, com dois canhões de bronze, que haviam sido emprestados a ele pelo governo de Argel. Evidente que os argelinos, chocados com a "traição" de Danser, exigiram a devolução dos dois canhões.

> A crise política se desenvolveu devagar e sempre. O Duque de Guise recusou-se a devolver os canhões, mas foram acontecimentos na França, não relacionados à Danser, que retardaram o desfecho. Henrique IV foi assassinado, a regente, Maria de Médici, tinha problemas com que se preocupar tanto na Renânia quanto em Paris. Nada foi feito. Este foi o tipo de crise pela qual o *reis* de Argel estava esperando: o comércio francês no Mediterrâneo era farto, rico e tentador e, com a recusa do rei francês de reparar o prejuízo, foi uma excelente oportunidade para os corsários (Wolfe, 1979, p. 181-2).

Os canhões acabaram sendo devolvidos para Argel – talvez a pior humilhação já sofrida pela França nas mãos de sua futura colônia.

Poderíamos prosseguir escavando os nomes de muitos Renegados baseados em Argel, também os nomes de alguns de seus navios e presas, mas não ficaríamos sabendo muito mais sobre suas vidas, e muito menos sobre seus pensamentos e sentimentos. Nem é preciso dizer que alguns deles eram muçulmanos, na melhor das hipóteses apenas nominalmente, e eram desprezados pelos piedosos por continuarem a beber, praguejar e "cantar como cristãos" mesmo depois da conversão. Mas e aquele marinheiro de Saint-Tropez que provocou um incidente diplomático porque o cônsul francês tentou impedi-lo de virar turco? Quais foram *seus* motivos? E a mesquita e o balneário de Ali Bitchnin? A arquitetura de um hipócrita cínico – ou talvez o sinal de uma emoção mais ambígua, um pouco de egoísmo ou algo mais? A verdadeira insinceridade é – afinal – rara na história do coração humano. A maioria das pessoas tende a justificar suas escolhas e ações apelando para ideias e ideais e, acima de tudo, justificando tudo isso para *si mesmos*. As ideologias são facilmente internalizadas quando o egoísmo e a auto-imagem coincidem com a retórica e os objetivos ideológicos. Presumir que os Renegados eram todos calculistas e presunçosos maquiavélicos seria dar-lhes crédito demais. É muito mais convincente imaginar que alguns deles ao menos chegaram a "acreditar" no que professavam crer.

A ambiguidade dos Renegados se expressava até na linguagem. A mistura de povos em Argel deve ter produzido um pesadelo poliglota de traduções equivocadas. Era necessária uma língua franca, e de fato ela veio a ser conhecida como *franco*, a linguagem dos "francos" (e por extensão, de todos os estrangeiros europeus), ou *sabir* (alteração da palavra espanhola e portuguesa "saber"). Árabe, espanhol, turco, italiano e provençal estavam misturados neste típico jargão portuário. Se um dialeto paralelo se desenvolveu em Salé, poderia ter usado árabe, berbere, hispano-árabe (mourisco) e espanhol, português, francês e inglês. Línguas "novas" refletem fenômenos sociais recentes e singulares em larga escala; não são apenas meios de comunicação, mas também *padrões de pensamento*, veículos para a experiência interna e externa de quem fala, para sua nova *communitas* e sua nova (ou recém adotada) ideologia. O *franco* morreu com os corsários, mas sua existência insubstancial sugere que os Renegados haviam se transformado – por mais tenuemente que fosse – num "povo", numa comunidade linguística. Dadas as circunstâncias históricas certas, uma língua franca pode se tornar uma língua literária madura, como o urdu ou o malaio. O *franco* não chegou a este nível – mas saber que existiu pode mudar nossa opinião sobre os Renegados. Não podemos mais vê-los como uma dispersão aleatória de apóstatas esquecidos. Uma língua (por mais incipiente e temporária que seja) é uma cultura, ou pelo menos sinal certo de uma cultura emergente.

UM PALÁCIO DE ALABASTRO NA TUNÍSIA

Antes de partirmos finalmente para Salé, devemos fazer mais um curto cruzeiro pelo Mediterrâneo em busca dos Renegados. É incrivelmente frustrante não haver uma genuína biografia destes homens (ou mulheres). Na maioria dos casos, tudo o que resta sobre eles são umas poucas anedotas, talvez um relato excitante de uma batalha naval, que revelam precisamente nada da psicologia dos Renegados, de seus pensamentos e motivações. Mas há momentos em que um pequeno lampejo ilumina a escuridão da mera especulação. O renegado inglês Peter Eston, por exemplo,

> que começou a vida como trabalhador rural em Somerset, comandou uma frota de quarenta barcos por volta de 1611. Em 1612, ele atacou a frota de pesca na costa da Terra Nova, como piratas baseados nas Índias Ocidentais o fariam depois dele. Lá ele mareou as velas e fez reparos em seus navios, apropriou-se de provisões e munições de que precisava e capturou cem homens para sua frota. Causou devastação por onde apareceu, fosse na parte oeste do Mediterrâneo ou ao largo da costa da Irlanda. Finalmente, cansado da vida de renegado, alistou-se a serviço do Duque de Sabóia, comprou um marquesado e casou-se com uma dama de origem nobre (Lucie-Smith, 1978, p. 83).

Certa vez, disseram a Eston que Jaime I da Inglaterra havia lhe oferecido o perdão. "Por que eu deveria obedecer às ordens de um rei", perguntou ele, "quando eu mesmo sou uma espécie de rei?". Este gracejo nos lembra vários discursos registrados na *General History of the Pyrates* [História Geral dos Piratas], de

Defoe, que insinua a existência de uma "ideologia" pirata (se este não é um termo pretensioso demais), uma atitude meio proto-individualista-anarquista, embora não-filosófica, que parece ter inspirado os bucaneiros e corsários mais inteligentes e com mais consciência de classe. Defoe relata que um pirata conhecido como Capitão Bellamy fez este discurso para o capitão de um navio mercante que ele havia capturado. O capitão do navio mercante havia acabado de recusar um convite para se juntar aos piratas:

> Lamento que eles não te deixem teres tua chalupa[31] de volta, porque eu não faço mal a quem quer que seja quando não é para meu próprio proveito. A chalupa que se dane, temos que afundá-la, e ela poderia ser útil a ti. Tu és um banana dissimulado, como o são todos que se submetem a serem governados por leis que os ricos fizeram para a própria segurança deles, e os malcriados covardes não têm a coragem, por outro lado, de defender o que conseguem por meio de logro. Mas que se danem: dane-se o bando de velhacos astutos, e vós, que estais a serviço deles, ó bando de idiotas estúpidos. Eles nos difamam, aqueles salafrários, quando só temos esta diferença, a de que eles roubam dos pobres sob a proteção da lei, sem dúvida, e nós espoliamos os ricos sob a proteção de nossa própria coragem. Não seria melhor então tu seres um de nós do que ires bajular aqueles patifes para conseguires emprego?

Quando o capitão respondeu que sua consciência não permitiria que ele infringisse as leis de Deus e dos homens, o pirata Bellamy continuou:

---

31 Embarcação de pequeno porte a remo ou a vela; neste último caso, com gurupés e dois mastros com velas latinas quadrangulares (N.E.).

> Tu tens uma consciência diabólica, ó velhaco. Eu sou um príncipe livre, e tenho tanta autoridade para travar guerra contra o mundo todo quanto quem tem cem navios no mar e um exército de cem mil homens nos campos. E isto minha consciência me diz: não adianta argumentar com covardes lamurientos que permitem que seus superiores os saiam chutando pelo convés à vontade.

É interessante comparar Eston, um "trabalhador rural", com o coração de um rei, com Henry Mainwaring, o pirata cavalheiro que aceitou o perdão inglês e (como Henry Morgan alguns anos mais tarde) traiu seus ex-companheiros humildes. Ou então considere o único verdadeiro aristocrata (que eu saiba) a virar turco, Sir Francis Verney:

> Jovem turbulento, Verney perdeu a briga com a madrasta pela herança e, no outono de 1608, abandonou a Inglaterra desgostoso. Chegou em Argel, tomou parte de uma das frequentes guerras de sucessão e depois virou corsário. Em 1609, o embaixador inglês na Espanha relatou que ele capturou "três ou quatro navios de Poole e um de Plymouth". Em dezembro de 1610, o embaixador de Veneza em Túnis disse que ele havia apostatado. Neste período, ele era companheiro de John Ward. Mas seu período de sucesso não durou muito. Em 1615, de acordo com Lithgow, ele estava muito doente em Messina, depois de passar dois anos prisioneiro em galés sicilianas. Verney havia sido resgatado por um jesuíta inglês ao se reconverter. Embora agora estivesse livre, sua fortuna havia acabado, e foi forçado a se alistar como soldado comum para subsistir. Lithgow o descobriu quando ele estava a ponto de morrer, "na mais extrema miséria" e tendo perdido toda a vontade de viver (Lucie- Smith, 1978, p. 84).

Quatro anos mais tarde (1615), ele morreu no Hospital Santa Maria da Piedade, em Messina (Senior, 1976, p. 98). Ele realmente "acabou mal", como os antigos cronistas sempre disseram a respeito dos piratas – fosse verdade ou não.

Outro "cavalheiro" renegado inglês (da Cornualha) foi Ambrose Sayer (*ibid.* p. 83). Em 1613, Sayer era capitão de um navio argelino que foi capturado em Salé por um navio inglês, cujo capitão decidiu mandar os corsários de volta para Londres para serem julgados. Toby Glanville, um dos companheiros de bordo de Sayer, percebendo que a "brincadeira tinha acabado, fez várias tentativas de se suicidar e acabou conseguindo se jogar da popa do navio" (*ibid.*, p. 97). Presumivelmente, como a maioria dos marinheiros, ele nunca havia aprendido a nadar. O capitão Sayer foi mandado para casa e condenado por pirataria, mas deu um jeito de fugir – e de se aposentar, já que não se soube mais dele.

É provável que o corsário sobre quem mais saibamos seja John Ward. Ward teve a honra de "estrelar" como vilão no grande sucesso do West End[32] naquele ano de 1612, *A Christian Turn'd Turke*;[33] Ward também fez jus a pelo menos duas brochuras baratas escritas em letras góticas e a duas baladas populares – os tablóides de antigamente – que podem estar cheios de erros e mentiras deslavadas, mas pintam um quadro interessante.

Ward[34] nasceu por volta de 1553, filho de um pescador pobre, em Faversham, Kent. No último ano do reinado de Elizabeth e primeiro de Jaime, podemos encontrá-lo sem um tostão em Plymouth, aparentemente tendo deixado para trás uma carreira bastante extensa de mercenário – aos cinquenta anos, "atarracado, calvo, cabelos brancos" (Norris, 1990, p.63). Em 1603, teve a extrema má sorte de ser "forçado" a servir na Ma-

---

32 Região no oeste de Londres, tradicionalmente habitada e frequentada pela alta sociedade (N.E.).

33 Um cristão que virou turco (N.T.).

34 Ver Ewen, 1939.

rinha – isto é, alistara-se compulsoriamente – e a servir a bordo do Lion's Whelp sob o comando do Capitão Thomas Sockwell (que mais tarde também se tornou pirata). Como muitos historiadores observaram, pouco ou nenhum salário, trabalho enfadonho exaustivo e violentos castigos corporais constituíam a vida na Marinha naquela época, o que "era um dos piores destinos que poderia acontecer a qualquer homem".[35] Diz-se que Ward se lamentava de seus dias de mercenário na juventude "quando podíamos cantar, conhecer prostitutas, xingar e matar com a mesma liberdade quanto os confeiteiros tinham para matar moscas. Quando o oceano todo era nosso império onde pilhávamos à vontade, e o mundo era nosso jardim, onde andávamos por diversão". Depois de apenas duas semanas de disciplina naval, Ward se reafirmou e se reuniu com trinta outros marinheiros para fugirem do navio. Roubaram um pequeno brigue no ancoradouro de Plymouth[36] e zarparam finalmente livres. Aos cinquenta anos, Ward embarcou em uma nova e surpreendente carreira – a de pirata. Foi então para o sul da Irlanda, provavelmente para Bearehaven ou Baltimore, pequenos embarcadouros obscuros e remotos conhecidos por sua hospitalidade com piratas.[37] Em alguma parte desta região,

35 Senior, 1976, p. 87. O Dr. Johnson comenta em alguma parte que qualquer pessoa sensata preferiria a prisão à Marinha Britânica; podia-se estar certo, pelo menos, de comida e companhias melhores!

36 Ele estava planejando simplesmente roubar o tesouro do navio, tesouro este que pertencia a um *recusant* (católico inglês não conformista) que fugia para a Espanha, mas aparentemente fora mal informado e descobriu que "os tentilhões haviam voado do ninho" – então ele roubou o navio em vez do tesouro.

37 Seis anos mais tarde, em 1609, Ward e seu camarada, o capitão Bishop, visitaram o Munster pelo menos mais uma vez. Funcionários locais tiveram que ser presos por negociarem com os piratas que, afinal, tinham 10 ou 11 navios e uns 1.000 homens. Incapa-

ele se deparou com o Violet de Londres em novembro de 1603 e o capturou.

> Quando chegaram às Ilhas Sorlingas, os piratas tiveram a sorte de se depararem com um barco francês, mas o poderio do barco deles era tal que só podiam ter esperança de capturar os franceses usando de astúcia. Assim, a maioria dos piratas se escondeu no porão enquanto alguns deles conversavam no convés com o pessoal do outro barco. Ficaram ali por várias horas até que o estratagema deu certo e chegaram perto o suficiente para abordarem e subjugarem a embarcação (Senior, 1976 p. 88).

Ward rebatizou o barco de Little John – o que nos dá um precioso *insight* sobre suas ideias e sua auto-imagem: ele sem dúvida considerava a si mesmo uma espécie de Robin Hood dos mares. Temos indícios de que ele dava aos pobres, e que estava claramente determinado a roubar dos ricos.[38]

---

zes de repeli-los pela força, o "vice-presidente" inglês do Munster tentou ao invés disso, perdoá-los – mas este expediente também fracassou. Mais tarde naquele mesmo ano, o comandante geral da Marinha britânica enviou um navio à Barbária sob o comando de um certo Capitão Pepwell, para convencer Ward e seus confederados a "renunciarem àquela vida iníqua". A missão não apenas falhou, como todos os marinheiros desertaram e se juntaram a Ward. Pepwell teve que "vender sua pinaça abaixo do preço para os turcos" e voltar para Londres com cara de bobo. O capitão Bishop, que agora alegava desprezar Ward por ter virado turco (em 1609), foi pago para matá-lo, mas fracassou. Bishop pleiteou o perdão, dizendo supinamente: "Prefiro morrer um trabalhador pobre no meu próprio país, se eu puder, a ser o pirata mais rico do mundo" (Ewen, 1939, p. 20-21). Ward obviamente tinha outros planos.

38 Em 1604, ou por aí, Ward chegou a Salé "para reabastecer e marear as velas de seu navio depois de ter vendido todas as mercado-

Ward fez, então, uma última visita clandestina a Plymouth, onde recrutou uma tripulação para guarnecer seu navio almirante, e depois partiu rumo ao sul – e ao Oriente – para nunca mais retornar.

Em sua viagem ao sul, tomou um barco rápido de cem toneladas ao norte de Lisboa e depois atravessou o Estreito de Gibraltar. Foi para Argel, mas foi recebido com hostilidade porque Richard Gifford, aventureiro inglês a serviço do Duque da Toscana, tentara incendiar as embarcações que estavam no porto. Portanto, Ward continuou a cruzar o Mediterrâneo, ficando cada vez mais forte e rico. Em dezembro de 1604, ele estava nas vizinhanças de Zakynthos, onde capturou o Santa Maria, barco veneziano carregado com passas de Corinto e seda, e no dia de Natal daquele ano ele roubou a carga de pimenta, parafina e anil de um navio flamengo.

Depois de vender o produto das pilhagens em vários portos mediterrâneos, tornou a atravessar o Estreito de Gibraltar para marear as velas e abastecer seu navio. Foi quando estava em Salé, na costa atlântica do Marrocos, que a ele se juntaram mais vinte e três ingleses. Estes homens, que haviam viajado no Blessing com carta de corso holandesa, se encontravam em estado lastimável por terem recebido um tratamento brutal por parte de um navio de guerra espanhol. Quando viram que Ward e seus companheiros estavam "bem instalados e cheios de dinheiro", não precisaram de muitos incentivos para abandonar o navio e se juntar a eles. Sua tripulação aumentou ainda mais em Larache, quando marujos de uma embarcação inglesa en-

---

rias"; lá ele se juntou a outros piratas para levantar e "desembolsar 100 libras para resgatar um compatriota" do cativeiro [Ewen, 1939, p. 3]. Ward usou do próprio dinheiro para libertar cativos em várias outras ocasiões de que se tem notícia; talvez este fosse seu método de "dar aos pobres".

tregaram seu destino a ele. O capitão destes homens, Michael, logo voltou para a Inglaterra, mas seu lugar-tenente, Anthony Johnson, ficou com Ward e passou a ser um dos homens de sua maior confiança.

Por volta de 1605, Ward havia conseguido reunir um poderio formidável ao seu redor. Seu navio de guerra, que ele batizara apropriadamente de Gift [presente], era um barco veloz, de duzentas toneladas ou mais, com trinta e dois canhões e uma tripulação de uns cem homens. Além do Gift, ele se fazia acompanhar em suas pilhagens por qualquer barco capturado que achasse que pudesse servir a seus propósitos. Sua tripulação era quase toda composta de ingleses, mas havia também um número considerável de holandeses. Certamente não havia escassez de bons marinheiros ansiosos para se juntar a seu bando. Andrew Barker, autor de brochuras sobre Ward, tinha uma opinião ainda mais elevada das habilidades dos piratas e dizia que muitos deles eram "pessoas de valor, cujas decisões, se tivessem tido por objetivo ações honradas em terra ou no mar... teriam sido preferidas e recomendadas ao maior príncipe da época".

Até 1603, Ward tinha sido marinheiro comum, pobre, e servido sob condições terríveis a bordo de um dos navios do rei. Aos cinquenta anos deve ter lhe parecido que seus melhores anos haviam passado. Menos de dois anos depois, entretanto, ele estava rico, comandando um navio poderoso, e era o líder respeitado de um grande bando de desesperados.

> Ward continuou com sua pirataria por todo o inverno de 1605-1606. Em novembro de 1605, ele estava na costa de Chipre, onde roubou seda, veludo e damasco num total de cinco mil e quinhentas libras de um navio de Messina. Nessa mesma época, também capturou um barco francês carregado de especiarias, corantes e algodão no ancoradouro em Modon, e depois, em abril de 1606, capturou na costa da Sardenha um barco flamengo que

> transportava uma carga de tecidos. Estas operações só podem ter servido para enfatizar a crescente necessidade dos piratas de uma base segura de operações onde pudessem vender o produto das pilhagens e armazenar suas riquezas. Em 1606, haviam encontrado tal porto seguro com os turcos em Túnis. Relatos afirmam que em agosto daquele ano, Ward morava na cidade e ajudou alguns marinheiros ingleses que se encontravam em dificuldades.

O protetor de Ward em Túnis era Cara Osman que, como chefe dos janízaros, exercera controle absoluto sobre a cidade desde 1594. Os dois chegaram a um acordo pelo qual Osman teria o direito de escolher primeiro as mercadorias que os piratas levavam para Túnis. As mercadorias eram então estocadas em armazéns em Túnis e revendidas para mercadores cristãos com lucro considerável. Tudo aponta para o fato de que Ward e Osman tinham uma boa relação de trabalho e podem até ter se tornado amigos, porque o pirata chamava o turco de "irmão". A suspeita, no entanto, é a de que Osman levou a melhor no acordo. No entanto, os piratas dependiam totalmente da amizade de Osman, pois sem ela provavelmente o uso de Túnis como base lhes teria sido negado.

Thomas Mitton, que morou em Túnis por três anos e velejou com Ward, testemunhou quanto a isto quando prestou depoimento no tribunal marítimo:

> ... O dito Cara Osman é o único ajudante, auxiliar e apoio do dito Ward em suas piratarias e pilhagens, pois ele, o dito Ward, não tem outro lugar para abastecer a não ser em Túnis, e lá ele não poderia abastecer a não ser por meio de Cara Osman, que conferiu ao dito Ward autorização para pegar e comprar mantimentos em Túnis e nas imediações. E a razão que move o dito Cara Osman a fazê-lo é que quando Ward captura qualquer navio, Cara Osman compra as mercadorias escolhendo quanto vai pagar.

A primeira viagem de Ward partindo de sua recém encontrada base começou em 1606. Cara Osman arcou com um quarto dos custos dos mantimentos para o navio pirata, que era o Gift, o velho navio de guerra de Ward. A tripulação era totalmente inglesa, a não ser por doze turcos que Osman pôs a bordo e que pagaram pelo próprio sustento. Ward não teve que esperar muito por sua primeira presa. Em 1º de novembro, perto de Corone, capturou o John Baptist, de noventa toneladas, navio que pertencia a mercadores de Londres e que era utilizado no comércio costeiro local. Nesta captura, o Gift tinha por companhia uma pinaça[39] de cinquenta toneladas comandada por Anthony Johnson, e parece razoável supor que os dois navios haviam partido de Túnis juntos.

O próximo navio a cair nas mãos dos piratas foi o Rubi, um galeão veneziano de mais de trezentas toneladas, que estava voltando de Alexandria com uma carga de especiarias e três mil moedas de ouro. O *Gift*, com bandeira holandesa, avistou-o em 28 de janeiro de 1607, a quarenta milhas da costa da Moréia,[40] e Ward e seus homens, aproveitando do elemento surpresa, atacaram de forma "repentina, encarniçada e destemida". Deu-se sequência a este sucesso a captura do Carminati, outro barco veneziano, que estava a caminho de casa depois de passarem por Nauplia e Atenas. Muito satisfeito com o rumo que a viagem tomara, Ward voltou em triunfo para Túnis com suas duas presas sob guarda.

Como no início do século, foram os venezianos que, mais uma vez, tiveram que suportar o pior das pilhagens inglesas. Mas eles ainda não haviam sofrido sua perda mais sensacional.

---

39 Pequena embarcação de apoio utilizada por navios mercantes ou de guerra (N.E.).

40 Ou Peloponeso, Grécia (N.E.).

Ward equipou seus navios e partiu novamente para o mar no início de 1607. Dessa vez ele foi no Rubi, convertido agora em *man-of-war*[41] e guarnecido com uma tripulação de 140 homens, a maioria ingleses. Mais uma vez Cara Osman arcara com um quarto do empreendimento, fornecendo aos piratas canhões, pólvora, estopins e balas. Desta vez, no entanto, não havia turcos na expedição.

O acontecimento que abalou a República de Veneza, e tanto enriqueceu os piratas, foi a perda do Reniera e Soderina, um galeão de seiscentas toneladas, parado perto de Chipre devido a uma calmaria. O grande navio foi capturado por dois navios piratas comandados por Ward, cada um, dizem, equipado com quarenta canhões e levando pelo menos cem homens armados. Em meio à fabulosa carga do Soderina havia anil, seda, canela e algodão no montante de pelo menos cem mil libras (um relato inglês enormemente exagerado estimou seu valor em "pelo menos dois milhões"). Não foi apenas o tamanho da perda financeira que causou tamanho rebuliço na Rialto.[42] O próprio modo como o Soderina foi capturado foi uma desgraça para a República de São Marcos. Neste relato da batalha, fica claro que a tripulação do galeão ficou aterrorizada com a ferocidade do ataque dos piratas e ofereceu pouca ou nenhuma resistência:

> O capitão, depois de decidir lutar seguindo o conselho de todos, dividiu toda a sua tripulação e os passageiros, colocou alguns no convés superior, outros no convés principal e popa, de tal forma que eles pareciam ser soldados muito valentes com armas nas mãos. Os dois navios que foram atacar, apesar dos dois ou três tiros recebidos, tentaram sem mais delongas emparelhar e, ao ob-

---

41 *Man-of-war* é um título da Marinha Real Britânica aplicado a navios com alto poderio bélico (N.E.).

42 Uma das ilhas de Veneza, onde havia um mercado.

> terem alcance, deram uma salva de seis tiros cada, sempre mirando na tripulação e nas velas, sem acertar uma única vez na água.
>
> Seus planos, delineados para aterrorizar, foram muito bem sucedidos, porque dois daqueles que estavam defendendo o convés superior foram feridos por tiros e, quando eles foram feridos, na verdade despedaçados, todo o resto fugiu, largando suas armas no convés superior e correndo para seus pertences enquanto os dois barcos estavam se aproximando. Apesar de seus esforços, o capitão não conseguiu forçar a tripulação a voltar para o convés superior, nem fazer com que eles emergissem de baixo do convés principal ou do castelo de proa. Na verdade, o carpinteiro do navio e alguns outros o confrontaram com armas nas mãos e disseram-lhe que ele não devia mais comandar o navio.

Como se esta presa não fosse suficiente, Ward foi tomar outro navio veneziano antes de finalmente voltar para a sua base. Em um dia de junho de 1607, ele e seus homens deitaram âncora em La Goleta, o porto de Túnis, com um butim no valor de, no mínimo, quatrocentas mil coroas. Ward não queria prejudicar suas chances de conseguir um bom preço desembarcando o produto da pilhagem, e

> fez várias menções de levar o navio e as mercadorias embora para outro porto, porque o dito Cara Osman não queria chegar ao preço que ele desejava, e para este fim o dito Ward deitou âncora longe do alcance do castelo e manteve as velas nas vergas até chegarem a um acordo.

Por fim, concordaram com o valor de setenta mil coroas – pouco mais do que um sexto do que as mercadorias realmente valiam.

Ward estava agora no auge de seu sucesso. Um marinheiro inglês que o viu em Túnis em 1608 nos deixou uma descrição do arquipirata:

> Muito baixo, com muito pouco cabelo, e este muito branco, careca na frente. Rosto moreno e barba. Fala pouco, e quase sempre praguejando. Bêbado da manhã até a noite. Muito pródigo e corajoso. Dorme muito, tanto a bordo quanto no porto. Os hábitos de um "velho marujo" consumado. Um tolo e um idiota fora de seus negócios (Senior, 1976, p. 88-93).

Qualquer que fosse seu nível de inteligência "em outros negócios", Ward agora estava no auge do sucesso no seu negócio. Ele reuniu em torno de si um formidável grupo de piratas: Capitão Sampson foi nomeado para o comando dos navios capturados, Richard Bishop, de Yarmouth, se tornou o primeiro-tenente de Ward e James Proctor, de Southampton, e John Smith, de Plymouth, seus artilheiros. Embora Danser ainda rivalizasse com ele no oeste do Mediterrâneo, Ward imperava na parte central. Quando indagado se gostaria de se juntar ao francês como Danser havia feito, ele respondeu: "Eu, colaborar com o francês? Eu digo que se eu encontrasse meu próprio pai no mar eu o roubaria e depois o venderia." Quando um marinheiro chamado Richard Bromfield o censurou por ter virado turco e estar vivendo em um país pagão, Ward meramente o chamou de "tratante puritano e patife puritano".

No entanto, naquele momento ele iniciou negociações para um perdão real. Um de seus conhecidos depôs que haviam lhe oferecido 200 libras em "moedas de ouro da Barbária" para que fizesse amigos na Inglaterra a fim de impressionar o comandante geral da marinha. O embaixador de Veneza disse que haviam lhe oferecido trinta mil coroas. Mas até Jaime I relutou em aceitar o suborno de tão notório pirata e chegou a mencionar especificamente o nome de Ward em um édito de janeiro de 1609 para a apreensão de piratas. Parece que Ward ficou muito chateado com a rejeição de sua demanda: "Diga àqueles *flat hats*[43] que foram a razão de eu ter sido banido, que antes de eu acabar com eles vou fazê-los apelarem pelo meu perdão" (Lloyd, 1981, p. 50-51).

Como um de seus biógrafos narrou na balada "A Famosa Batalha Naval entre o Capitão Ward e o Arco-Íris": "Vá dizer ao Rei da Inglaterra, vá contar que eu mandei dizer que se ele reina como rei de toda a terra, eu vou reinar como rei do mar".

Em 1607, o famoso diplomata Sir Anthony Sherley "escreveu para Ward em Túnis para dissuadi-lo de seu modo de vida e de suas aventuras perversas". Ward ficou tão enfurecido que deu liberdade a um navio recém capturado, sob a condição de que o capitão encontrasse Sir Anthony e transmitisse a ele seu desafio para um duelo. É difícil reconciliar sua reputação como homem preguiçoso de raciocínio lento com tais gestos bombásticos.

> Em setembro de 1608, estando no Estreito de Gibraltar, Ward encontrou Fisher of Redriffe indo para a Inglaterra e deu-lhe cem libras para que levasse para sua esposa. Outros também mandaram dinheiro para esposas e amigos. Fisher abusou da confiança. Posteriormente, Ward saqueou o navio de Fisher e, ultrajado, mandou prendê-lo na ponta da verga e matá-lo. Os outros homens, para evitarem destino semelhante, se juntaram aos piratas.

> Por Ward ter esfaqueado um tal de West, um imediato, seus homens se amotinaram. Durante uma grande tempestade no Estreito de Gibraltar, Longcastle e outros o mandaram fazer suas últi-

43 *Flat hats*, bonés chatos, é uma gíria inglesa usada para denotar a classe trabalhadora ou, no caso da aristocracia, certa casualidade e descompromisso (N.E.).

mas preces, mas ele se recusou, dizendo "não temer nem a Deus nem ao diabo" (Ewen, 1939, p. 14)[44].

Ward parecia decidido a ficar na Barbária e abandonado a esperança de uma aposentadoria tranquila. Ele

equipou o Soderina como *man-of-war* e fez preparativos para sua próxima viagem. Aparentemente, tratava-se de um bom navio: seiscentas toneladas de carga, quarenta canhões de bronze no convés inferior e vinte no superior. Estava no mar em dezembro de 1607, no comando de uma tripulação anglo-turca de quatrocentos homens. No entanto, logo se descobriu que o Soderina não era prático como *man-of-war*. Seu armamento excessivo o fazia afundar com o peso, apodrecendo a madeira. Assim que Ward capturou um navio, ele assumiu o comando, deixando seu desajeitado navio à própria sorte. A embarcação afundou na costa de Cerigo no início de 1608, perdendo quase toda a tripulação – duzentos e cinquenta turcos e cento e cinquenta ingleses.

No entanto, isto foi apenas o início de uma série de desastres que estavam reservados a Ward no inverno de 1607-1608. Primeiro, o navio do qual havia assumido o comando se perdeu no mar, e depois um galeão, que ele havia capturado e equipado em Navarino (Pílos), naufragou. Pior ainda, um de seus principais capitães, um flamengo de nome Jan Caster, estava na costa de Modone em 21 de março de 1608 com duas naus de guerra e uma presa quando foi surpreendido e abatido por galés venezianas. Desta vez, em uma de suas raras vitórias sobre os piratas, os venezianos mataram cinquenta homens, inclusive Casten, e capturaram outros quarenta e cinco.

---

44 Estas citações e anedotas são de uma das brochuras sobre Ward, *Newes from Sea*.

Ward ainda continuou a prestar seus serviços a expedições que partiam de Túnis depois destes reveses. Ele navegou com dois capitães turcos para o Levante em 1609 e participou de expedições posteriores em 1610, 1612 e 1618. Parece até ter tomado parte na captura de uma nau veneziana em 1622, quando devia ter quase setenta anos. No entanto, desenvolveu outros interesses, passando mais tempo em terra durante seus últimos anos de vida. Ele ficou bem integrado na sociedade tunisiana. Em 1609, havia "virado turco", assumindo o nome Issouf Reis, e sabe-se que se casou com outra renegada, Jessimina, de Palermo (a despeito da esposa na Inglaterra, a quem ele periodicamente enviava dinheiro) (Senior, 1976, p. 93-4).

Em 1616, o fofoqueiro viajante escocês William Lithgow encontrou Ward em Túnis:

> Aqui em Túnis eu encontrei um capitão inglês, o general Ward (a pronúncia escocesa de Lithgow era tal que o padre Dan chamava-o de Edouart), outrora um grande pirata e comandante dos mares; que, despeitado por não ter sido aceito na Inglaterra, havia virado turco e lá construído um belo palácio, embelezado com mármore e alabastro. Encontrei com ele empregados, uns quinze Renegados ingleses circuncidados, cujas vidas e fisionomias eram parecidas, tão desesperadas quanto arrogantes. No entanto, o senhor deles, o velho Ward, era brando e se juntou a mim com segurança com um salvo conduto para Argel. Deveras, e várias vezes nos dez dias que lá passei, jantei com ele, mas fiquei a bordo do navio francês". Sua fama legendária durou porque Edward Coxere, cativo em Túnis uns anos mais tarde, dizia que Ward sempre "estava com roupa turca, bebia água e não vinho, e usava ferrinhos como ferraduras sob seus sapatos turcos (Lloyd, 1981, p. 53).

Como diz uma balada popular:

> *At Tunis in Barbary*
> *Now he buildeth stately*
> *A gallant palace and a royal palace. Decked with delights most trim,*
> *Fitter for a Prince than him*
> *The which at last will prove to his disgrace*[45]
> (Norris, 1990, p. 94).

Ao contrário da esperança do compositor, a fantasia arquitetônica de Ward não acabou em ruína.

Lithgow nos conta que, durante sua velhice, Ward ficou interessado no problema de chocar ovos de aves domésticas em esterco de camelo. Dá para imaginá-lo zanzando por seu palácio de alabastro segurando potes desses ninhos malcheirosos, seguido por galinhas curiosas. O inevitável "destino cruel" que todos os piratas deveriam ter foi propiciado pela peste, que fez uma de suas visitas regulares ao norte da África em 1623. Com uns setenta anos, Ward morreu em sua cama e seu corpo foi lançado ao mar, exatamente como ele sempre quisera e esperara.

> Os contemporâneos de Ward na Inglaterra desperdiçaram muito palavrório mordaz com ele e outros Renegados ingleses, a quem viam à uma luz quase medieval como tendo renunciado ao cristianismo para esposarem o Islã. Mas não se pode deixar de simpatizar com o pragmatismo dos piratas em contraste com o dogmatismo da época. Ward certamente combatia a frota cristã, sem excluir navios ingleses, mas histórias de que ele teria roubado o próprio pai se o encontrasse no mar parecem ser pura maldade.

---

45 Em Túnis na Barbária/ Ele construiu imponente/ Um palácio garboso e majestoso./ Embelezado com regalos elegantes,/ Mais adequados a um Príncipe do que a ele/ E que no fim vai ser sua ruína. (N.T.)

> Ele sem dúvida tinha um outro lado. Em pelo menos duas ocasiões sabe-se que ele libertou ingleses que estavam escravizados em Túnis, e Lithgow, que o conheceu em pessoa, se referia a ele como o "generoso Ward" (Senior, 1976, p. 94).

C. M. Senior, o autor deste epitáfio, obviamente não pôde deixar de sentir simpatia por Ward a despeito de sua crueldade, inépcia e apostasia. O pretenso Little John, o velho marujo meio burro, que sem dúvida continuou a tagarelar sobre os velhos tempos à mesa de jantar,[46] não combina muito com o cavalheiro tunisiano vez por outra abstêmio, "generoso" e – quem sabe – talvez até um tanto piedoso (é interessante notar que Ward só se converteu tarde em sua carreira tunisiana, o que sugere que ele pode tê-lo feito voluntariamente e até com sinceridade). Isto quase constitui um estudo de caráter convincente. Tem contradições e paradoxos quase suficientes para parecer psicologicamente autêntico. Nenhum outro renegado sobreviveu ao tempo como uma personalidade tão realizada – com a possível exceção de Murad Reis, de Salé, a quem encontraremos mais tarde. De fato, não podemos deixar de gostar de Ward – embora, como William Lithgow, possamos hesitar em passar a noite em seu palácio de alabastro com medo de darmos falta do relógio e da carteira pela manhã!

---

46 Uma vez, em 1608, Ward foi para Argel com uma presa espanhola com uma carga de "vinhos finos", e lá ele encontrou outro pirata (um certo John King, de Limehouse) que havia acabado de capturar um navio que transportava cerveja. Ward trocou um tonel de vinho por um de cerveja, perdendo dinheiro na troca e revelando seu paladar de classe trabalhadora! (Ewen, 1939, p. 9).

A REPÚBLICA MOURA DE SALÉ

A região em torno de Salé parece ter sido habitada muito antes do surgimento do *homo sapiens sapiens*. O Calcolítico, ou "idade da pedra polida", está bem representado, e o homem de Neandertal esteve por lá. Todos os níveis do Paleolítico estão presentes, como também, é claro o Neolítico ou "Megalítico Atlântico" (Brown, 1971). O nome Salé (Sala ou Sla) pode ser extremamente antigo, derivado da palavra berbere *asla*, que significa "pedra". O velho cemitério de Salé, chamado Chellah (na verdade o mesmo nome novamente), remonta pelo menos à época de Cartago (em torno do século VII a.C.). Os romanos chamavam o lugar de Sala Colônia, parte da província da Mauritânia Tingitana. Plínio, o Velho, a menciona (como cidade do deserto infestada de elefantes!). Os vândalos vandalizaram a região no século V d.C., e deixaram para trás berberes louros de olhos azuis. Os árabes (século VII) conservaram o velho nome e acreditavam que era derivado de Sala, filho de Cam, filho de Noé. Eles diziam que Salé foi a primeira cidade construída pelos berberes.

Ao que tudo indica Salé custou a se converter ao Islã e ficou conhecida pelos muçulmanos como "cidade de fronteira". Mas lá pelo século IX era certamente islâmica e o próprio mar havia se transformado na fronteira. No século X, quando o califado fatímida ismaelita do Cairo conquistou o oeste, Salé aparentemente servia de guarnição militar: uma fortaleza ou *ribat*, construída na margem sul do rio Bou Regreg em frente a Salé, tornou-se o povoado mais tarde conhecido como Rabat. As operações militares eram contra as tribos berberes locais que haviam adotado a doutrina kharijita (um tipo de fundamentalismo que se opunha igualmente tanto ao xiismo quanto à ortodoxia sunita). No século XI, Salé havia se transformado em uma cidade com quase todas as características que ainda possui. A fim de compreender os eventos subsequentes, é importante visualizar a topografia geográfica e urbana no diagrama esquemático abaixo:

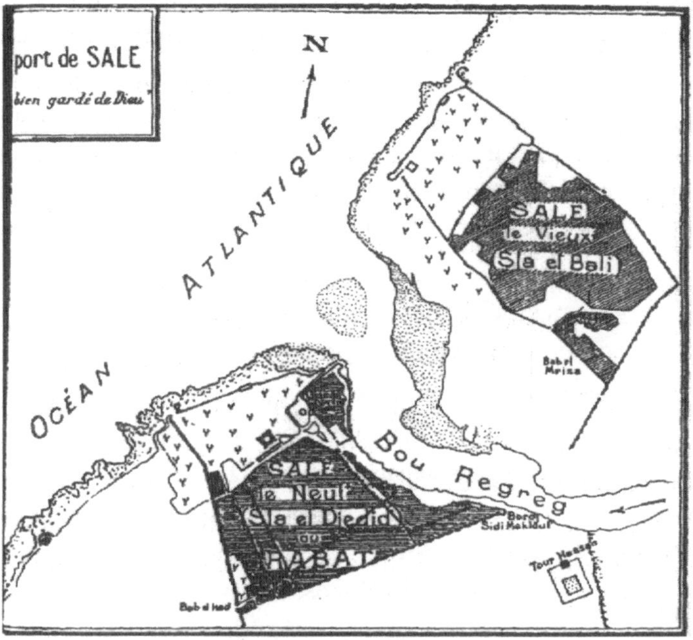

Comentaristas europeus mais tarde usariam o nome Salé (Sallee ou Sally) para se referirem ao complexo todo, mas na verdade há três "cidades" distintas aqui, cada uma das quais irá desenvolver uma identidade e um destino distinto e único: a primeira, a "velha" Salé (a cidade de Salé de hoje). A segunda, a Casbah no lado sul do rio, um pequeno enclave murado. E a terceira, a "nova" Salé (a base para o que com o tempo seria conhecida como Rabat, a capital de hoje do Marrocos). Para simplificar, vamos nos referir aos três povoados como Salé, a Casbah e Rabat.

No século XI, os primeiros muçulmanos espanhóis ou "andaluzes" chegaram a Salé vindos de Córdoba, e trouxeram consigo sua poderosa e refinada cultura moura. A essa altura, Salé adquiriu sua aparência social permanente – uma cidade portuária onde a cultura "árabe" andaluza urbana e a cultura rural berbere se encontraram, mesclaram, e se transformaram na cultura marroquina.

Sob os almorávidas (1061-1164) e os almóadas (1130-1269), Salé evoluiu para um importante nexo entre o comércio com a Europa e o comércio com a África (as famosas caravanas de ouro anuais), e se tornou também um dos centros reconhecidos de cultura, saber, devoção e sofisticação mouras. Mais andaluzes chegaram, especialmente de Granada. Salé já era conhecida como local de refúgio para os piedosos, uma cidade de santos, marabus, sepulcros e santuários. Alguns destes santos irão representar um papel ativo em nossa história – mesmo (ou talvez especialmente) depois de suas mortes. Dois tipos de espiritualidade estão representados aqui, comparáveis aos elementos "urbanos" andaluzes e "rurais" berberes na mescla cultural. Ou seja, alguns santos eram ortodoxos, intensamente devotos e envolvidos com o sufismo culto clássico da Ordem Shadhili[47]; e outros eram mais "marabúticos", isto é, heterodoxos, populares, milagreiros. Muitos dos importantes santos de Salé surgiram em torno do século XIII, durante a "era de ouro" da dinastia Marinida (1216-1645), quando o rico comércio com a Europa e

---

47 Originalmente do Egito, fundada por Abul Hasan al-Shadhili no século XIII, dividiu-se em vários ramos por todo o mundo islâmico, mas especialmente no Egito, norte da África e Yemen. Veja Douglas (1993); az-Zirr e Durkee (1991).

a relativa paz e a prosperidade no Maghreb e na Espanha levaram a um grande florescimento da cultura e da arquitetura. A famosa mesquita e a madrasa (escola teológica) de Salé, ainda consideradas duas das mais bonitas construções do Marrocos, foram edificadas neste período, assim como um hospital, um aqueduto, uma hospedaria para sufis e outras obras públicas.

Um vizir[48] de Granada exilado, Lisan al-Din ("A Língua da Fé") Ibn Khatib, visitou Salé em meados do século XIV e se empolgou com sua beleza, com os encantos de seus bazares, inclusive com "os mais delicados escravos abissínios"; talvez estivesse pensando neles quando escreveu o verso que se tornou o mote não oficial de Salé:

> *Nem mesmo as distrações conseguiam afastar o pesar do meu coração, mas penetrado pela brisa de Salé ele foi salvo.*[49]

Mais ou menos na mesma época, um dos santos mais importantes de Salé – da variedade culta e ortodoxa – fixou-se na cidade: Sidi Ahmad Ibn Ashir, "o doutor", mestre de sufis famosos como Ibn Abbad de Ronda, e também de uma figura mais marabútica, um pescador de corais da Turquia conhecido apenas como "o turco", que se tornou uma espécie de santo padroeiro dos marinheiros locais. Sidi Ahmad Ibn Ashir podia invocar a proteção do mar e acalmar tempestades, e assim seu túmulo mais tarde se tornou um local popular de peregrinação para os piratas.

Depois da morte de Ibn Ashir em 1362, Salé e os marinidas começaram um longo e lento processo de decadência – mas

48 Governador ou ministro nomeado por soberano de um reino muçulmano (N.E.)

49 Com um trocadilho com Sala, o nome da cidade, e *sala*, consolo em árabe (Veja Brown, 1971, p. 34).

foi uma decadência pacífica e ainda razoavelmente próspera. Leão, o Africano, que visitou a cidade no século XVI, deixou esta descrição:

> As casas são construídas no estilo dos antigos, muito decoradas com mosaicos e colunas de mármore. Além disso, todas as casas de culto são muito bonitas e finamente enfeitadas. O mesmo vale para as lojas, que se situam abaixo de grandes e lindas arcadas. Ao passar na frente de algumas delas, veem-se arcos que foram construídos, dizem, para separar um ofício do outro.
>
> Cheguei à conclusão que Salé tem todos os luxos que distinguem uma cidade de civilização refinada, assim como é um porto frequentado por mercadores cristãos de várias nacionalidades... Porque serve como o porto do Reino de Fez.
>
> Embora tivesse sido rapidamente retomada (depois do ataque de Castela de 1260), Salé desde então tem sido menos povoada e cuidada. Há, especialmente perto dos reparos, muitas casas vazias com muitas colunas lindas e janelas de mármore e muitas cores. Mas o povo de hoje não as aprecia.
>
> Os jardins são numerosos, assim como as plantações das quais é colhida uma grande quantidade de algodão. A maioria dos habitantes da cidade é de tecelões e fazem também uma quantidade considerável de cardas em Salé, que são enviadas para serem vendidas em todas as cidades do Reino de Fez. Perto da cidade há uma floresta cheia de buxos e outros tipos de madeira que são boas para a confecção de cardas.
>
> De qualquer forma, hoje as pessoas vivem com conforto em Salé. Há um governador, um juiz e vários outros funcionários – os da alfândega e mangue – porque muitos mercadores genoveses vão até lá e levam a cabo importantes negócios. Este comércio produz importantes receitas para o Rei. (*apud* Brown, 1971, p. 40 - 1).

O mesmo período (final do século XV e início do XVI) viu a emergência do santo padroeiro oficial de Salé, Sidi Abdullah Ibn Hassum, que esteve – ao menos em um sentido espiritual – profundamente envolvido com o desdobramento da singular história posterior de Salé. Sidi Abdullah representou uma mistura interessante das tradições cultas e marabúticas. Não era nem erudito nem descendente do Profeta,[50] mas ganhou a vida gravando talismãs. Ao entrar em Salé, foi seguido por uma palmeira ambulante que se enraizou no local de seu futuro mausoléu. Os sufis da cidade ficaram tão extasiados que se transformaram em pássaros. E quando as mulheres foram visitá-lo, ele se transformou em uma mulher para poder recebê-las sem escândalo! O festival que ainda é comemorado em sua honra é celebrado na véspera do aniversário do Profeta (*Mawlid*), e se concentra em torno de uma procissão à luz de velas (baseada em um costume turco) de que os corsários gostavam em especial, na qual marchavam vestidos em suas melhores roupas coloridas. O discípulo mais famoso de Sidi Abdullah foi um marabu e santo guerreiro chamado Muhammad al-Ayyashi, que teve papel importante na grande era dos corsários – que estava por começar.

Durante os séculos XV e XVI houve uma mudança dramática no equilíbrio de poder entre os países do Mediterrâneo ocidental. A

---

50 *Seides* ou *sharifs* – descendentes do Profeta – são, é claro, honrados por toda a parte no mundo islâmico, especialmente pelos xiitas e ismaelitas, mas representaram papel importante no Marrocos sunita também. Um grande prestígio político está ligado a estas famílias – uma delas ainda governa o Marrocos hoje. Esta veneração aos *sharifs* pode se dever à influência fatímida, que ainda sobrevive nas crenças populares sob a forma da famosa "Mão de Fátima", usada em toda parte no norte da África como amuleto contra mau-olhado. Veja Westermarck (1968) [1926].

queda da Granada muçulmana em 1492 marcou o fim de mais de sete séculos de expansão e colonização marroquinas na Península Ibérica. Em vinte e cinco anos, todas as cidades marítimas importantes da costa atlântica do Marrocos haviam sucumbido aos impérios em ascensão de Espanha e Portugal. A exceção de Salé.

Dentre as muitas pessoas que foram para Salé durante este período estava Muhammad al-Ayyashi (mencionado acima como discípulo de Ibn Hassun), um dos heróis mais populares da história do Marrocos. Al-Ayyashi era da Banu Malik, uma das tribos árabes *hilali* que haviam se estabelecido no Gharb, a hinterlândia ao norte de Salé. Estabelecendo-se na cidade pelo fim do século XVI, diz-se que ele se dedicou a uma vida de estudo e ascetismo sob a orientação de seu xeque, Abdullah Ibn Hassum, e que se distinguiu pela piedade, silêncio, pelo jejum permanente e pela leitura do Alcorão. Certo dia, de acordo com a lenda, Sidi Abdullah foi presenteado com um cavalo por um grupo de líderes tribais que tinham ido visitá-lo. Ele mandou chamar seu discípulo Ayyashi e disse que montasse no cavalo e abrisse mão de sua instrução a fim de achar, com a ajuda de Deus, seu bem-estar neste mundo e no outro. O santo fez seu discípulo fazer o juramento de cumprir com seu dever, abençoou-o e instruiu-o a ir a cavalo para a cidade de Azemmour.

Poucos anos depois deste episódio legendário, al-Ayyashi havia se tornado governador de Azemmour, defensor do sul do Marrocos contra os espanhóis e portugueses e um perigoso rival da dinastia saadiana, que chegara ao poder durante a primeira metade do século XVI. Em 1614, al-Ayyashi escapou por pouco de uma tentativa de assassinato planejada pelo sultão saadiano e voltou para Salé. Daí por diante até sua morte em 1641, pelas mãos de uma tribo árabe do Gharb, al- Ayyashi lutou contra os espanhóis e portugueses ao longo do Atlântico e do Mediterrâneo e se tornou soberano independente da área ao norte e a leste de Salé (Brown, 1971, p.45).

O povo de Salé sempre recebeu bem os mouros da Espanha em sua comunidade, tanto antes quanto depois de 1492. Na primeira década do século XVII, começou a aparecer um novo tipo de imigrante. Os últimos mouros da Espanha, eram remanescentes ainda fiéis ao Islã (mudéjares) ou "mouriscos" (chamados de "andaluzes" em Salé) nominalmente convertidos ao cristianismo. Haviam sido levados pelas políticas racistas e revanchistas da Espanha a uma série de revoltas. Foram expulsos em massa por Filipe II por meio da emissão de éditos entre 1609 e 1614. Um dos historiadores tradicionais de Salé (Brown, 197, p.47) nos conta que quando estes novos refugiados apareceram e tentaram alugar casas, "por causa de seus costumes não muçulmanos, roupas, linguagem e modos espanhóis, sua falta de vergonha e dignidade, não lhes permitiram" ficar.[51] Em 1610, um grupo chamado *hornacheros* (de Hornachos, na Estremadura) chegou como um povo coeso, ainda muçulmanos fervorosos e falando árabe, e bem de vida. Infelizmente parece que a riqueza deles tinha por origem o suborno de funcionários cristãos para que pudessem portar armas, praticar o banditismo e falsificações: os *hornacheros* não eram vistos como suficientemente *comme il fault* para se estabelecerem na Velha Salé, cidade de santos e santuários. Então se mudaram para o outro lado do rio, construíram a Casbah, e lá se estabeleceram.[52]

---

51 Os recém-chegados tinham nomes com som estrangeiro como Vargas, Pelafres, Blanco, Rodriguez, Carasco, Santiago, Galan, Guzman, etc – e muitos deles não falavam uma única palavra em árabe (Caillé, 1949, p. 48).

52 A Casbah incluía a ruína do velho *ribat* ou forte. Abun Basr o chama de construção almóada; foi construído (ou reconstruído) em torno de 1150, junto com a torre de Hassan, um minarete que servia de ponto de referência terrestre para os navios ao mar (Coindreau, p. 30-31).

Os mouriscos recém-chegados, no entanto, eram ainda mais estranhos – falavam hispano-árabe ou até espanhol, tinham nomes cristãos e absolutamente nenhuma riqueza, e pareciam ainda mais vulgares do que os *hornacheros*. Assim, os mouriscos tiveram que se contentar com terras abaixo da Casbah (parte da Rabat de hoje), onde formaram um grupo totalmente isolado. Ansiavam por vingança contra a Espanha e rapidamente se tornaram corsários entusiastas.

Todas as três cidades do Bou Regreg estavam agora habitadas – justamente na hora em que os marinidas haviam finalmente colapsado, permitindo que todo o Marrocos entrasse em um estado de turbulência, guerra civil e manobras dinásticas.[53] Os governantes nominais da região eram agora os saadianos de Marrakech, mais ao sul, e não muito bem organizados.

Enquanto isto, o marabu Al-Ayyashi estava construindo sua reputação na *jihad* contra a Espanha e outras potências cristãs que se intrometiam no Marrocos – sendo lembrado até hoje como um grande herói do nacionalismo marroquino. Ele fora iniciado no caminho da guerra santa por seu mestre Sidi Abdullah ibn Hassun, e havia conseguido fazer-se governador de Azemmour. Al-Ayyashi era muitíssimo impopular perante os europeus e os saadianos de Marrakech – que tentaram assassiná-lo em 1614 e depois enviaram um exército contra ele.

Al-Ayyashi batera em retirada de volta para Salé, onde os líderes das três cidades concordaram em protegê-lo. Logo depois (a data é incerta), os mouriscos de Rabat se declararam uma república independente com um governador ou "grande comandante" eleito por um período muito curto – um ano – e um divã ou conselho de quatorze anciães ou conselheiros ou

53 Como colocou um historiador marroquino, a confusão universal era "suficiente para embranquecer os cabelos de uma criança de colo!" Veja Caillé (1949, p. 209), citando El-Oufrani.

capitães. A Casbah fez o mesmo em, ou em torno de, 1627 e criou uma República Hornachero. As duas repúblicas a princípio concordaram em reconhecer a autoridade de al-Ayyashi como "Comandante da *Jihad*" contanto que ele respeitasse a autonomia de cada uma – mas estas boas relações não iriam durar muito.

Al-Ayyashi foi morar na Velha Salé e construiu para si dois fortes do lado de fora dos muros da cidade voltados para Rabat, com um túnel subterrâneo (que ainda existe) levando a seu palácio junto ao muro, mas do lado de dentro. Os autocratas da cidade velha eram seus partidários mais entusiastas, e Salé então também se declarou independente sob sua autoridade espiritual e política. Havia agora três repúblicas no Bou Regreg – todas envolvidas em Guerra Santa, pirataria, rebelião contra os saadianos e brigas incessantes umas contra as outras.

Em torno de 1614, quando a cidade costeira de Mamora caiu nas mãos dos espanhóis, um grande número de piratas internacionais fugiu para Salé e foram recepcionados pelos *hornacheros* e andaluzes.[54] Formaram o núcleo da comunidade de Renegados e se estabeleceram em Rabat – tal que na verdade os "*Salee Rovers*" eram *Rabat Rovers*, embora os dois povoados fossem chamados em conjunto de Salé, e as três repúblicas estivessem envolvidas no negócio corsário. Talvez se pudesse

---

54 Com efeito, Mamora havia funcionado como república pirata sob a liderança inspirada do Capitão Henry Mainwaring. Este inglês aparentemente nunca se converteu ao Islã, o que sugere que virar turco ainda era uma escolha, e uma que ele escolheu não fazer, a despeito de suas fortes ligações com a Barbária. Mais tarde, coroou uma carreira imensamente bem sucedida "aceitando o perdão" e se aposentando na Inglaterra, onde escreveu um importante tratado sobre navegação e viveu como um *gentleman*. Ele também escreveu um tratado sobre como acabar com a pirataria – nunca ofereça perdão, advertiu Mainwaring.

pensar neles como parecidos com os três clãs de *Scottish Border Reivers*, hostilizando incessantemente um ao outro, mas se juntando para razias[55] à Inglaterra. Ataques verbais, altercações, desacordos, ofensas à honra e outros passatempos davam lugar à guerra civil ostensiva de tempos em tempos, especialmente entre 1627 e 1641, mas não se permitia que coisa alguma atrapalhasse os negócios ou impedisse o fluxo de butim.

As fontes que temos a este respeito são confusas, no entanto, pelo que entendo, a situação era esta: os *hornacheros* financiavam a pirataria e construíam a frota, e tendiam tanto a se ressentir dos velhos autocratas de Salé quanto a intimidar os mouriscos ou andaluzes da classe baixa de Rabat. Os andaluzes serviam como homens de armas em navios corsários, e às vezes como espiões (já que podiam se passar por espanhóis). Em Rabat vivia a comunidade internacional de corsários e os mercadores e cônsules europeus (na rue des Consuls, que ainda existe), e presume-se que era ali que se podia encontrar a maioria das tabernas e prostíbulos.[56] Os andaluzes eram o grupo menos entusiasmado com al-Ayyashi e a Guerra Santa, a despeito de sua aceitação inicial baseada em um ódio comum à Espa-

---

55 Na literatura europeia ocidental, razia designa a invasão de território inimigo ou estrangeiro, numa incursão rápida visando o saque (N.E.).

56 Como Père Dan descreve, noite e dia o barulho das brigas vinha das tavernas e cafés mouros, a maioria propriedade de mercadores locais "para quem os piratas vendiam seu butim"; os corsários imediatamente gastavam seus lucros em "cabarés e outros lugares devassos, já que a maior paixão deles era desperdiçar com folia a riqueza que haviam ganhado no mar" (Coindreau, 1948, p. 41). Uma boa impressão da "cena" pode ser conseguida nas descrições de Port Royal, a cidade pirata posterior na Jamaica, que era tão pervertida que uma enchente a engoliu como a uma Sodoma aquosa (Exquemelin, 1699).

nha. Eles se ressentiam de seu autoritarismo, e provavelmente das tentativas dele de interferir em sua política republicana. Finalmente, exasperados, recusaram-se a ajudá-lo em qualquer outra cruzada – depois do quê, al-Ayyashi voltou sua ira santa contra eles e abriu fogo contra Rabat com seus preciosos canhões (tanto os de ferro quanto os de bronze, muito superiores) assestados sobre os muros de seus fortes em Salé.

A Velha Salé se ocupava principalmente com a *jihad* de al-Ayyashi e a rebelião contra os saadianos – mas os habitantes de Salé certamente não estavam em lugar de destaque no envolvimento em atividades corsárias, fosse como investidores, capitães, tripulação, homens de armas ou mercadores de butim, cativos e escravos. No entanto, é irônico que Salé seja lembrada como a cidade corsária quando este rótulo romântico é muito mais apropriado aos povoados de Casbah e Rabat do outro lado do rio.

> As lutas do século XVII com o tempo se tornaram vagas lembranças históricas. Os moradores de Salé, que haviam considerado os novos intrusos em Rabat como *an-Nasara 'l-Qashtaliyin* (os cristãos de Castela), passaram a chamá-los de *l- Mslmin d-r-Rbat* (coloquialismo, os muçulmanos de Rabat), uma alusão ligeiramente jocosa e parcialmente amarga à complacência deles em questões religiosas. Os moradores de Rabat, com ironia comparável, lembram a loucura do povo de Salé. Eles dizem sobre eles: *kayihmaqu fi-l-asr* (coloquialismo: Eles ficam malucos na hora da prece da tarde). Os moradores de Salé também se lembram. Eles dizem que na época de al-Ayyashi, enquanto o povo de Rabat negociava com os infiéis durante o dia, os habitantes de Salé cuidavam de seus negócios. Na hora da prece vespertina, no entanto, pegavam em armas para lutar contra os traidores de Rabat. Mas as duas cidades à distância de uma cusparada uma da outra (imitando expressão do Almirante Rainsborough) se tornaram inimigas cordiais. São chamadas de *al-aduwatayn* (as Duas Margens) que, por causa da

> raiz árabe, evoca *al-aduwayn* (os Dois Inimigos). A antipatia mútua das duas populações não passa de zombaria, e é expressa por ambas em um perspicaz provérbio coloquial: *wakha ywelli l-wed hlib war-rmel zbib, maukunshi r-Rbati li-s-Slawi hbib* (Mesmo se o rio se transformar em leite e a areia em passas, um morador de Rabat nunca será amigo de um morador de Salé.) Os inimigos cordiais do outro lado do rio, em Rabat, eram na pior das hipóteses irmãos hostis. A despeito disso, eram muçulmanos e haviam se incorporado à cultura árabe do país (Brown, 1971, p. 50-51).

A briga inicial entre os andaluzes de Rabat e os hornacheros de Casbah se concentrava na receita da alfândega que os hornacheros se recusavam a repartir, dizendo que precisavam de toda ela para defesa e conserto das muralhas. Estes argumentos não convenciam os andaluzes e, em 1630, "os orgulhosos anfitriões de Casbah e os habitantes deserdados da cidade baixa estavam abertamente em guerra civil" (Coindreau, 1948, p. 44). A Velha Salé tomou o partido dos hornacheros e ironicamente a paz foi restabelecida apenas por meio da intervenção diplomática do cônsul britânico, John Harrison,[57] que em maio de 1630 redigiu um acordo que pôs fim às hostilidades. Os três pontos do acordo foram:

1º, os andaluzes elegeriam seu próprio governador ou *Qa'id*, mas ele moraria em Casbah;[58]

---

57 Harrison deve ter sido popular. Carlos I havia assinado um tratado com o Marrocos, e este "camareiro do Príncipe de Gales" havia chegado com presentes para Salé, inclusive seis canhões. Para a história de Harrison, veja a página 105 e seguintes abaixo (Coindreau, 1948, p. 108).

58 Nesta ocasião, os hornacheros liderados por Mohammed ibn Abd al-Qadir Ceron, e os andaluzes, escolheram para *Qa'id* Abdallah

2º, o Divã seria composto de dezesseis notáveis de Casbah e dezesseis de Nova Rabat;

3º, as receitas (incluindo tanto presas marítimas quanto taxas alfandegárias) seriam divididas igualmente entre Casbah e Rabat.

As duas cidades assim continuaram independentes uma da outra e da Velha Salé, mas "para todos os propósitos, a Casbah se tornou a sede central da república moura de Salé, e seu governo veio a exercer uma autoridade mais ou menos preponderante sobre as cidades das duas margens" (Coindreau, 1948, p. 44).

O novo equilíbrio do poder se revelou precário, e em 1631 al-Ayyashi perturbou a paz novamente. Os andaluzes o haviam traído ao se recusarem a enviar as escadas de que ele precisava no cerco a Mamora. Ele pediu aos líderes religiosos da Velha Salé uma *fatwa* ou decisão que o permitisse reprimir os corsários de Rabat e de Casbah, "porque eles se opuseram a Alá e a seu Profeta, ajudaram aos infiéis e lhes deram conselhos... eles administram como querem a propriedade de muçulmanos, privando-os de lucro e monopolizando o comércio em benefício próprio" (Brown, 1971, p. 49). Al-Ayyashi abriu fogo com seus canhões, iniciando um cerco à margem sul que durou até outubro de 1632 com seu fracasso.

A paz triunfou por apenas um breve período e em 1636 os andaluzes atacaram com sucesso Casbah. Muitos hornacheros fugiram da cidade deixando os mouriscos no controle. Os vitoriosos andaluzes voltaram sua ira contra a Velha Salé. Construíram pontes flutuantes sobre o Bou Regreg e deram início a um

---

ibn Ali el-Caceri; ambos continuaram atuantes em um cargo ou outro durante o período republicano (Caillé, 1949, p. 217) – embora Caceri tenha sido assassinado em 1638.

cerco à cidade na margem norte. Al-Ayyashi, que estava fora, na *jihad*, voltou correndo para defender seu povo.

Infelizmente para os andaluzes, o equilíbrio de poder – que parecia favorecê-los – estava agora perturbado pela frota inglesa que chega em 3 de abril de 1637[59], sob o comando do Almirante Rainsborough, em Salé.[60]

Os ingleses decidiram negociar apenas com al-Ayyashi, a quem chamavam (sem dúvida com a típica ironia britânica) de "o Santo". Talvez o marabu houvesse se recusado a libertar cativos ingleses a menos que recebesse alguma ajuda, mas Rainsborough entrou na briga com aparente entusiasmo, transferindo parte de seus canhões modernos do navio para a praia, e começando a bombardear a Rabat. As pontes flutuantes foram afundadas e o cerco foi levantado. Al-Ayyashi, com a ajuda britânica, interrompeu com eficácia todas as rotas de suprimentos para a área de Casbah e de Rabat, e queimou os campos fora dos muros da cidade.

Rainsborough levantou âncora em 30 de agosto de 1637, mas os andaluzes já estavam fartos. Capitularam, concordaram em consertar os danos causados na Velha Salé, e permitir que os hornacheros retornassem e voltassem à divisão meio a meio dos deveres e do butim.

Neste ponto, o sultão saadiano de Marrocos decidiu voltar atrás. Contratou um dos capitães Renegados, um francês cha-

---

59 No ano anterior, uma frota Inglesa já havia sido enviada para Salé sob o comando de Lorde Carteret, fundador de Nova Jersey, para resgatar cativos ingleses.

60 Um interessante relato desta expedição nos foi deixado por um pirata que serviu sob o comando Rainsborough. Veja Dunton, 1637; Carteret, 1638, publicado a partir de manuscrito que se encontra em Filadélfia, 1929. O próprio Carteret mais tarde resumiu suas impressões de Salé: "... [quanto ao] governo, leis fundamentais eles não têm, pelo que pude descobrir"! (*Sources Inédites* III, 1935, p. 453).

mado Morat Reis (que não deve ser confundido com o capitão albanês/argelino de mesmo nome mencionado acima, nem com o renegado holandês Murad Reis, a quem encontraremos mais para frente), para tomar Casbah em nome do sultão. Então os andaluzes e os hornacheros puseram um fim a suas animosidades e se juntaram para expulsar os homens do sultão, que tinham aplicado outra vez o odioso imposto de dez por cento, sendo bem sucedidos. Mas novamente a paz se revelou de curta duração. Em alguns meses, al-Ayyashi havia decidido tentar novamente exterminar totalmente a "*gens sans foi ni loi*" de Rabat. Desta vez, os preparados mouros e corsários decidiram que precisavam de um aliado. Al-Ayyashi era sufi, então procuraram ajuda com um sufi rival – um certo Muhammad al-Hajj ibn Abu Bakr al-Dala'i.

O avô de Muhammad al-Hajj fora um grande santo da região do Atlas Central, onde ele estabeleceu um importante centro sufi e converteu as tribos berberes locais, transformando-as em uma imensa irmandade – a Dala'iyya. Ele ensinou o caminho Jazuli-Shadhili do sufismo, centrado na veneração ao Profeta, e um programa extensivo de obras públicas e caridade. Basicamente apolítico, o avô foi sucedido por um filho que manteve relações cordiais tanto com al-Ayyashi quanto com os sultões saadianos (certamente uma demonstração de diplomacia, se não de santidade!) – mas o neto, M. al-Hajj, tinha ambições políticas que começaram a azedar a reputação de neutralidade da família. Muhammad al-Hajj veio a suceder o pai como terceiro chefe da ordem (1636) e começou a reorganizá-la – como um exército (para este relato, veja Nasr, 1971, p. 216-221).

Em 1638, o sultão saadiano enviou seu próprio exército de Marrakech para o Atlas Central numa tentativa de refrear a crescente ambição de al-Hajj, mas os saadianos foram totalmente dispersados pelas tropas berberes de al-Hajj e fugiram para o sul novamente, deixando-o no controle de toda a área. Al-Hajj então decidiu que seu novo *royaume* [reino] precisava de um porto, e voltou seu olhar santo para Salé. Por coincidência, naquele exato momento chegou o apelo desesperado dos andaluzes, novamente sob cerco do "santo" al-Ayyashi em Rabat.

> Muhammad al-Hajj via em al-Ayyashi um empecilho para que obtivesse o controle de Salé, sua saída natural para o oceano. A perseguição de al-Ayyashi aos andaluzes foi portanto usada como pretexto para combatê-lo. Em 1640, o exército da Dala'iyya ocupou Meknès, que estava dentro da zona de influência de al-Ayyashi. Então, depois de um conflito prolongado entre o exército predominantemente árabe de al-Ayyashi e os berberes da Dala'iyya, o resultado foi decidido em um combate no rio Sibu em abril de 1641. Al-Ayyashi foi morto, e seus seguidores foram dispersados… A derrota de al-Ayyashi permitiu que a Dala'iyya ocupasse Salé.
>
> … em Salé por dez anos depois de sua ocupação, o chefe da Dala'iyya (ou sultão, como ele passou a ser chamado) manteve a autonomia dos andaluzes. Eles tinham mais conhecimento sobre como negociar com os europeus e contatos indiretos com os cristãos não comprometiam indevidamente o prestígio religioso do chefe, ao mesmo tempo em que garantiam as mercadorias de que ele precisava, especialmente armas.
>
> Nos dez anos (1641-51) em que os andaluzes controlaram Salé sob a liderança de Dala'iyya, agentes europeus, enviados principalmente para tratarem de questões oriundas da pirataria ou ligadas ao comércio, lidavam diretamente com eles. A partir de 1643, passou a haver um cônsul holandês em Salé, e em 1648 o governo francês designou um cônsul independente para morar lá, depois de ter se contentado, desde 1629, com um mercador residente em Marselha que atuava como cônsul ao mesmo tempo em que tinha um agente em Salé. Em 1651, Muhammad al-Hajj nomeou seu filho Abdullah governador de Salé. Como Abdullah também atuava como superintendente das relações exteriores

da Dala'iyya, sua nomeação sugere que as relações da Dala'iyya com a Europa haviam se tornado suficientemente importantes para que elas fossem entregues aos cuidados de um membro da família dirigente. Mas os andaluzes continuaram a influenciar a condução das relações exteriores atuando como intérpretes e secretários, fazendo as minutas das cartas de Abdullah a dirigentes estrangeiros e assessorando-o nos tratados que ele negociava com alguns deles.

A relação mais íntima da Dala'iyya com país estrangeiro era com os holandeses. As negociações intermináveis entre Abdullah e os holandeses sobre as cláusulas de um tratado assinado em 1651, e revisado em 1655 e 1659, sugerem que os holandeses tinham um comércio ativo com Marrocos nos anos 1650. Um problema recorrente nestas negociações surgiu a partir do caráter dual de Salé enquanto centro de comércio e base pirata. Os holandeses estavam dispostos a reconhecer o direito dos corsários de Salé de atacar os navios de seus inimigos cristãos em comum, os espanhóis, ao mesmo tempo em que obtinham a promessa de que seus próprios navios não seriam molestados. Simultaneamente, se opunham às relações amigáveis que os piratas de Salé e os chefes da Dala'iyya mantinham com os dirigentes de Argel. Os piratas argelinos tinham vantagens em Salé, e lhes permitiam que vendessem seus bens capturados. A tentativa feita pelos holandeses de incluir no tratado uma cláusula proibindo que os andaluzes cooperassem com os piratas argelinos e fizessem negócios com Argel geralmente levava a um impasse nas negociações. O volume dos negócios holandeses com Marrocos neste período é uma indicação reveladora de que a atitude holandesa se abrandava toda vez que o governador de Salé ameaçava aumentar os impostos sobre exportações e importações além dos costumeiros dez por cento (Abun-Nasr, 1971, p. 221-222).

A República do Bou Regreg pode ter perdido parte de sua autonomia sob o regime da Dala'iyya, mas talvez tenha ganhado – finalmente – um pouco de paz e de equilíbrio sob o *saltanat* nominal da ordem sufi. De qualquer forma, as duas últimas décadas da República Tríplice foram seus anos mais áureos, pelo menos em termos de pirataria. Enfim, livres de lutas mutuamente destrutivas, as três cidades-estados podiam voltar toda a sua hostilidade para fora – para a Guerra Santa corsária. Além disso, se as repúblicas corsárias em sua forma mais pura (1614-1640) eram singulares enquanto entidades políticas, pode-se apenas usar um pleonasmo como "mais singular" para descrever a forma de governo conjunto de corsários e sufis, que durou de 1640 a 1660. É espantoso – e de fato foi bom demais para durar muito. A mão da Dala'iyya e de seu chefe em Salé – Sidi Abdullah, o "príncipe de Salé" – foi ficando cada vez mais pesada para os andaluzes e piratas. Eles começaram a procurar meios de restaurar seu antigo estado de total independência, que naquela altura havia adquirido toda uma aura de tradição antiga e venerada.

Enquanto isso... um discípulo do martirizado marabu al-Ayyashi, um árabe de Larache (e portanto inimigo dos berberes da Dala'iyya, aqueles "animais descamisados", como um historiador islâmico os chamou, "bestas contidas apenas pela bebida ou pelo terror", como disse outro – com o típico preconceito de árabes urbanos), insurgiu-se e fundou um reino próprio ao norte (Coindreau, 1948, p. 47; Caillé, 1949, p. 222). Esse homem, Ghailan, parecia ser um potencial salvador para os andaluzes de Rabat. Eles encenaram um levante e sitiaram o "príncipe" Abdullah em Casbah. O senhor da Dala'iyya, M. al-Hajj, enviou um exército para libertar seu filho, mas foi derrotado por Ghailan em junho de 1660. Abdullah, no entanto, aguentou firme corajosamente em Casbah por mais um ano, ajudado por um carregamento de suprimentos enviado pelo governador inglês de Tânger. Finalmente, em junho de 1661, ele ficou sem suprimentos e teve que entregar o castelo.

A essa altura, os andaluzes suspeitavam de Ghailan tanto quanto antipatizavam com a Dala'iyya – ou mais, na verdade. A despeito do fato de que haviam acabado de expulsar a Dala'iyya da cidade, decidiram professar renovada lealdade ao regime a fim de afastar Ghailan, temendo que ele se revelasse um senhor ainda pior. Por quatro anos fizeram jogo duro, mas finalmente, em 1664, renderam-se a Ghailan e concordaram em pagar os odiados dez por cento.

Em 1668, os últimos vestígios da liberdade de Salé foram removidos pela ascensão da dinastia alauita chefiada por seu sultão Moulay Raschid, que conseguiu reunir todo o país pela primeira vez desde 1603. O sultão alauita não tinha a intenção de pôr fim à altamente lucrativa Guerra Santa do Bou Regreg contra a Europa, e prometeu aos corsários sua proteção. Assim, embora a República tivesse desaparecido, a pirataria sobreviveu – por certo tempo. Infelizmente, os alauitas tinham um apetite descomunal, e aos poucos aumentaram a "mordida" de dez para mais que o dobro. Com o tempo, os corsários acabaram se dando conta de que lucros decentes não eram mais possíveis. Os piratas mouros ficaram por lá e se tornaram capitães na "Marinha" do sultão e talvez alguns Renegados tenham feito o mesmo. Outros talvez tenham ficado tentados a ir embora para o Caribe ou Madagascar, onde a pirataria estava começando a florescer. A história posterior de Salé não é do nosso interesse, nem a história posterior da Barbária em geral. Com o fim da República, perdemos nossos Renegados de vista – e assim, nos próximos capítulos, voltaremos ao apogeu (1614-1160) da república e tentaremos estudar os próprios Renegados e, além disso, o *dia-a-dia* dos convertidos – agora que examinamos sua história político-militar.

MURAD REIS E O ATAQUE A BALTIMORE

Teremos uma boa viagem.
Murad Reis

Seria ótimo encontrar toda uma tripulação de *Salee Rovers*, pessoas com nomes, datas, biografias que pudéssemos estudar, "casos" que pudéssemos analisar a fim de compreendermos melhor o caráter e o destino do renegado. Mas, infelizmente tal pesquisa não será possível. Se sabemos pouco sobre os convertidos de Argel e Túnis, sabemos ainda menos sobre os convertidos de Salé. Tenho me perguntado o porquê disso, e posso apenas sugerir que Salé deve ter sido considerada (ao menos por viajantes europeus e historiógrafos) um lugar mais atrasado do que Argel e Túnis, talvez de acesso mais difícil, e talvez um fim de mundo ainda mais perigoso. Mesmo o bom Père Dan, que nos dá um breve capítulo sobre Salé, parece nunca ter visitado o lugar e o descreveu com base apenas no que ouviu dizer. E os poucos relatos de primeira mão não são informativos. De qualquer forma, os escritores que grafam algumas palavras sobre Salé - isto é, europeus instruídos - tinham pouca curiosidade sobre os Renegados, a quem desprezavam, temiam e retratavam da maneira mais sensacionalista possível. Todas as categorias a partir das quais poderíamos discutir os corsários foram predeterminadas por hostilidade e propaganda extrínsecas. Este é o destino do historiador que tenta investigar a cultura - ou a política da resistência - de uma comunidade de iletrados há muito desaparecida. Recentemente, é claro, os próprios revisionistas desenvolveram (ou exumaram) algumas categorias próprias. Historiadores marxistas ou marxizantes do "banditismo social" e do milenarismo, como Eric Hobsbawm e Norman Cohn, disponibilizam metodologias úteis, enquanto autores de inclinação mais esquerdista-libertária (como Hill, Lemisch, Linebaugh e Rediker) chegaram a criar toda uma nova historiografia do radicalismo marítimo. Mas nenhum deles discutiu os Renegados. Que eu saiba, não surgiu qualquer escola de pensamento semelhante entre os historiadores marroquinos, argelinos ou tunisianos, que poderiam ter acesso a recursos documentais nunca pesquisados (pressupondo que existam). Os orientalistas ignoraram a questão, quer por seu conservadorismo cultural inato ou por não se conseguir encontrar qualquer texto. E assim o campo tem sido deixado para nós, piratologistas amadores, *faute de mieux*.

Coindreau (1948, p. 80-84) conseguiu compilar uma breve lista de *Sallee Rovers* a partir de arquivos e fontes não publicadas de coleções europeias. Assim, temos El Hajj Ali, provavelmente mouro, que, em 14 de outubro de 1624, ao largo da costa do Cabo de Finisterra, capturou um navio holandês sob o comando de um certo Capitão Euwout Henriexz, em um período em que Salé estava supostamente em paz com a Holanda e, portanto, parara de hostilizar sua frota. Hajj Ali exigiu que o capitão se declarasse francês – e assim uma presa legítima –, senão seria lançado ao mar.

Há também Rais Chafer (Já'far), renegado inglês (mencionado em 1630), Hassan Ibrahim (provavelmente nativo, 1636) e Maime Rais, renegado holandês (1636). Este último, comandando um navio de duzentas toneladas com vinte e três canhões, capturou um navio inglês e já estava voltando para Salé quando foi ele mesmo capturado.

Chaban Rais, renegado português, que em 1646 comandava o navio argelino The Crabbe (16 canhões e tripulação de 175), parou em Salé para pegar suprimentos e armas. Já fazia três meses que estava velejando e não conseguira nada melhor do que uma carga inglesa de sal e um barco de pesca no Golfo da Gasconha, quando (em 22 de julho) foi capturado pelo pirata holandês Cornelis Verbeck.

Ahmed el-Cortobi, o "gordo", renegado espanhol (ou mourisco?) de Córdoba. Em 6 de outubro de 1658, comandando o navio O Sol de Salé, Ahmed deu com uma frota holandesa ao largo do Cabo de Finisterra. Mais uma vez, supostamente a Holanda e Salé estavam em paz, e Ahmed Rais decidiu fazer uma visita de cortesia à nau capitânia. Depois de voltar para seu navio, ele viu horrorizado um dos navios holandeses, The Prophet Daniel, de Lubeck, sob o comando do capitão Pieter Noel, atacá-lo. Vários corsários foram mortos e os outros – inclusive Ahmed – levados como prisioneiros. O holandês então saqueou, ateou fogo e afundou O Sol. Este evento singular causou um enorme escândalo diplomático. Salé exigiu indenização e os holandeses (ansiosos para preservarem a paz) levaram a questão muito a sério. Em janeiro de 1659, o almirantado multou o capitão de The Prophet Daniel em nove mil e quinhentos florins e entregou a Salé um navio do mesmo peso e mesmos armamentos que os do navio afundado, enquanto que o The Prophet Daniel foi dado a Ahmed el-Cortobi (Coindreau, 1948, p. 187).

Ali Campos (Espanha), Case Mareys (Inglaterra) e Courtebey (o filho de Ahmed al-Cortobi, que deve ter sido tão "baixo" quanto seu pai era "gordo" – a menos que seu nome seja apenas uma corruptela de Cortobi) são mais uns nomes a acrescentarmos à nossa lista. E Venetia, renegado italiano, famoso por sua audácia e coragem. Isto esgota o rol de Renegados do período republicano de Rabat e Salé – com uma importante exceção.

Murad Reis (também conhecido como Morat, John Barber, Capitão John ou Caid Morato), o mais famoso dos *Sallee Rovers*, nasceu Jan Janz em Haarlem, Holanda, em dia e ano desconhecidos.

> Jan Jansz começou sua carreira, como a maioria dos navegantes holandeses que acabaram virando piratas, como mercenário para os Estados Gerais dos Países Baixos contra os espanhóis durante a Guerra de Libertação. Mas este tipo quase lícito de conflito armado dava mais glórias do que lucros, e Jansz logo deixou de lado suas atribuições e chegou até a costa da Barbária. Lá ele entrou em combate contra os navios de todas as nações cristãs, os da Holanda também, exceto que quando atacava um espanhol ele hasteava a bandeira do Príncipe de Orange como tributo sentimental às suas origens. Quando estava combatendo a frota de qualquer outra nação, ele hasteava a meia-lua vermelha dos turcos[61] (Gosse, *apud* Coindreau, 1948, 54-5).

Capturado em Lanzarote em 1618 por corsários da Barbária, Jan se apostatou[62] em Argel – embora a conversão possa ter sido forçada, parece ter fincado raízes, pois Murad nunca implorou por perdão nem deu o menor sinal de querer voltar para a cristandade. Ele retomou sua ocupação sob a liderança do grande corsário de Argel, Sulayman Rais (que poderia ter sido holandês também), que, no entanto, morreu no ano seguinte. Murad é um exemplo perfeito das ligações entre Argel e Salé, visto que passou a ir e vir entre as duas cidades como quem tem duas cidadanias. Gosse diz isto a respeito de Murad:

---

61 Coindreau identifica essa bandeira como as 3 luas crescentes em um fundo vermelho, frequentemente usada por piratas e corsários otomanos, mas poderia também se referir à bandeira de Salé, que tinha um homem dourado na lua sobre um fundo vermelho.

62 Apostasia tem o sentido de um afastamento definitivo e deliberado de alguma coisa, uma renúncia de sua anterior fé ou doutrinação (N.E.).

> A princípio, ele viajava como imediato de um corsário famoso, Suleiman Reis, de Argel, mas depois da morte do chefe em 1619, ele se estabeleceu em Salé. O porto ("seu nome cheirava mal em toda a cristandade") ficava extremamente bem situado para a nova forma de pirataria, na costa do Atlântico, a apenas cinquenta milhas de Gibraltar, onde os corsários podiam ficar de tocaia observando tudo o que passava pelo Estreito e partir rapidamente para cima dos navios mercantes das Índias Orientais e Guiné. A frota de Salé não era grande, uns dezoito barcos no total, e os navios eram pequenos, já que um banco de areia no porto impedia que navios de grande calado entrassem a menos que fossem descarregados primeiro.
>
> O porto era nominalmente sujeito ao Imperador do Marrocos, mas logo depois da chegada de Jansz, os habitantes de Salé se declararam independentes e estabeleceram o que era efetivamente uma república pirata, governada por quatorze deles e com um presidente que era também o comandante da frota. O holandês foi o primeiro a ser eleito e, para mostrar aos seus conterrâneos adotivos que ele se tornara cabalmente um deles, casou-se com uma moura, embora tivesse deixado esposa e família em Haarlem (Gosse, *apud* Coindreau, 1948, p. 55).

Outras fontes dizem que Murad foi nomeado governador de Salé pelo sultão marroquino Moulay Zaydan em 1624, mas este mal-entendido provavelmente surge do fato de que o sultão, desejando preservar ao menos a aparência de soberania, meramente aprovou o *fait accompli* da eleição de Murad. Podemos presumir que Murad tinha carisma e verdadeiro talento para líder, e que ele tinha a característica apreciada pelos piratas acima de qualquer outra – *sorte*. Pode-se deduzir que era um entusiasta da República corsária e talvez seu ideólogo principal, assim como seu primeiro comandante eleito. É possível até crer que uma pessoa com inteligência e coragem tão óbvias possa ter atingido um certo grau de consciência política e fervor revolucionário.

Os negócios prosperaram na administração eficiente de Jansz e logo ele foi compelido a procurar um assistente, um posto para o qual ele selecionou um compatriota, Mathys van Bostel Oosterlinck. O vice-comandante celebrou sua nomeação seguindo o exemplo de seu superior: virou maometano e se casou com uma jovem espanhola de quatorze anos, embora ele tivesse esposa e uma filha pequena em Amsterdã.

Por causa dos navios capturados no mar e suas gratificações como comandante, que incluíam todas as taxas de ancoragem, de pilotagem e outras receitas portuárias, assim como corretagem dos bens roubados, Jansz logo ficou muito rico. Mesmo assim, quando vez ou outra achava a rotina dos negócios maçante, o pirata nele fazia valer seus direitos, e Jansz saía em viagem. Durante uma destas viagens, em novembro de 1622, quando estava tentando a sorte no Canal da Mancha, suas provisões acabaram e foi forçado a entrar no porto de Veere, na Holanda, para reabastecer. Parecia arriscado, mas o Comandante de Salé era súdito do Imperador do Marrocos, que há pouco tinha feito um acordo com os Estados Gerais dos Países Baixos. Portanto, Jan podia reclamar legalmente direitos especiais de uso do porto, embora a acolhida que ele recebeu fosse fria.

O primeiro visitante a ir a bordo foi a sra. Jansz holandesa, acompanhada de todos os pequenos Janszes. "Sua esposa e todos os seus filhos", um escritor contemporâneo registrou, "foram a bordo para pedir que ele abandonasse o navio. Os pais dos membros da tripulação fizeram o mesmo, mas não tiveram sucesso, já que eles (a tripulação renegada holandesa) "estavam cheios dos espanhóis e loucos por butim". Sua tripulação não apenas ficou como também foi aumentada por recrutas, a despeito da dura ordem dos magistrados para que ninguém fosse trabalhar no navio. Mas as coisas estavam difíceis na Holanda, como resultado de quase meio século de guerra contra a Espanha. Os jovens de Veere se sentiam mais tentados pela oportunidade de terem um meio de vida fácil, ao mesmo tempo em que aplicavam um golpe em seu velho inimigo, do que temerosos de desagradar aos magistrados. Jan saiu de Veere com muito mais pessoas a bordo do que quando chegara lá.

Poucos anos mais tarde, no meio do inverno, Jansz foi até a Holanda novamente, desta vez tendo escapado por pouco de um desastre. Ao largo da costa, ele deparara com um grande navio com bandeira holandesa. Jan, esquecendo-se por instante dos acordos, ficou "imediatamente enamorado do belo navio e tentou capturá-lo" – era muito provável que depois que conseguisse, os advogados tornassem possível de novo que ele tirasse vantagem do acordo. Mas as coisas aconteceram de modo muito diferente: quando Jan emparelhou com o navio, a bandeira holandesa foi arriada, o pavilhão da Espanha a substituiu e em instantes as tropas espanholas estavam pululando em seu convés. Os piratas, sobrepujados, mal conseguiram fugir depois de uma luta encarniçada, e muitos membros da tripulação foram mortos ou feridos. Deram graças por chegarem a salvo no ancoradouro de Amsterdã.

Jan pediu ajuda às autoridades para os doentes e feridos, mas ela foi categoricamente negada. O desafortunado corsário tivera a intenção de violar o acordo, não tivera êxito e fora punido, e agora estava sendo mais punido ainda ao lhe negarem os benefícios que ele teria se obedecesse ao acordo que tencionava violar, como se ele tivesse tido êxito. Jan não teve permissão sequer para enterrar seus mortos, então os corpos tiveram que ser empurrados para debaixo do gelo, o único modo de se livrarem deles.

Após vários anos comparativamente ruins no Estreito de Gibraltar, Jan decidiu tentar a sorte onde pirata algum, da Barbária ou não, jamais se aventurara. Em 1627, ele contratou como piloto um escravo dinamarquês que alegava ter ido à Islândia, e o instruiu a guiá-los até aquela remota ilha. Os três navios de Jansz continham, além dos mouros, três Renegados ingleses.

A viagem foi uma ousada proeza marítima para a época, mas os resultados não foram proporcionais aos riscos. Eles pilharam Reykjavik, a capital, mas só conseguiram um pouco de peixe salgado e umas poucas peles. Para compensar o desapontamento, eles capturaram e levaram com eles quatrocentos – alguns dizem oitocentos – islandeses: homens, mulheres e crianças (Gosse, *apud* Coindreau, 1948, p. 55-7).

Em 1627, a situação política em Salé havia ficado meio quente. Os hornacheros proclamaram sua república em Casbah naquele ano, e al-Ayyashi estava ativamente se estabelecendo na Velha Salé. O comando de Murad, que o mantivera longe do mar, podia ter terminado de modo estranho. De qualquer forma, depois de sua volta da Islândia, Murad se mudou com sua família moura de volta para Argel, e de imediato retomou sua ativa vida de corsário. Em 1631, ele organizou outra grande aventura, o saque à cidade de Baltimore, no condado de Cork, Irlanda.

A verdadeira pergunta ainda não respondida sobre o saque a Baltimore não é: "*como*?". Embora a habilidade náutica de Murad fosse obviamente soberba, ele não era de forma alguma um pioneiro neste caso, como o foi na Islândia. "Little John" Ward havia visitado a Irlanda várias vezes e podemos ter certeza de que ele não foi o único corsário a seguir aquela rota.[63]

---

63 Na verdade, como chama a atenção B. Quinn em seu maravilhoso livro *Atlantean: Ireland's North African and Maritime Heritage*, o ataque a Baltimore pode ser visto como o último episódio de uma história que teve seu início na época do Neolítico ou até mesmo do Megalítico. É interessante notar que as tribos pré-celtas de Munster eram chamadas de hibérnicas, que se supõe serem um ramo dos íberos da Espanha; a sílaba "ber" é apenas uma das razões

A verdadeira pergunta sobre o saque a Baltimore é: "*por quê?*". E desta vez em nossos estudos, o nevoeiro de histórias esquecidas parece clarear – um pouquinho – e nos dar vislumbres de possíveis motivos.

Em primeiro lugar, o sul e o oeste da Irlanda estavam nesta época tão infestados de piratas quanto a costa da Barbária. A famosa pirata Grace O'Malley reinava em seu pequeno reino em Mayo durante o reinado de Elizabeth, e de fato fizera à rainha uma espécie de visita oficial, de rainha para rainha, em 1593 (Chambers, 1979. Elizabeth e Grace se deram muito bem – almas gêmeas, sem dúvida). Quanto ao condado de Cork, ficamos sabendo (em um livro raro, *Pirate Harbours and Their Secrets* [Portos Piratas e Seus Segredos], de B. Fuller e R. Leslie-Melville) que:

> Sir William Herbert, o vice-presidente de Munster, resumiu a situação da província em 1589 nestas palavras: "Se a pirataria for mantida, e todo porto e enseada naquela região os aceitarem, teremos que desistir de morar lá, já que para transportar nossos bens e a nós mesmos por mar ficaremos à mercê deles. A província em geral foi transformada em lar de piratas. Eles são favorecidos demais em Kerry. Sir Edward Denny recebeu vinho da Gasconha roubado de franceses, e Lany Denny recebeu bens roubados de britânicos. Certo capitão Maris, de Youghal, que se sabe estar envolvido neste tipo de transação, irá em breve mudar-se para Tawlaght, um dos castelos de Sir Edward Denny, perto

---

(Quinn oferece muitas mais) para crermos que ambos os povos eram relacionados aos berberes do norte da África. Isto abre um campo amplo e não cultivado para pesquisas e especulações sobre as conexões irlandesas-marroquinas, que Quinn apenas começou a cultivar. Veja também Ali e Ali (sem data) para um tratamento afrocêntrico do mesmo tema.

de Tralee, para lá exercer tal atividade." Denny, mais tarde feito Conde de Norwich, também tinha propriedades na Cornualha, e era portanto vizinho dos Killigrew. Ele, com efeito, fez pelos piratas na Irlanda o que os Killigrew e Sir John Perrot fizeram por eles na Cornualha e no sul do País de Gales. Quando nobres influentes eram "receptadores", a pirataria era sem dúvida um negócio lucrativo… Como a Marinha Real praticamente não existia até a última metade do século, quando Jaime II a colocou em bases sólidas, era quase impossível "vigiar e impedir os habitantes de fazer negócios com aqueles saqueadores", para usar as pitorescas palavras de Lorde Danvers.

O quanto os piratas estavam no controle pode ser avaliado pelo fato de que no início de 1609 o próprio Danvers foi bloqueado em Cork por quatro navios de piratas que levavam uns trezentos homens. O presidente não conseguiu um único navio que fosse forte o suficiente para desafiar os saqueadores, então teve que ficar em Cork enquanto os visitantes indesejáveis velejavam para cima e para baixo da costa procurando sustento. Para impedir que se reabastecessem no condado de Kerry, os suprimentos de milho que geralmente eram exportados do condado de Cork foram retidos, mas isto parece ter incomodado mais aos habitantes do que aos piratas.

Mais tarde no mesmo ano, uma força ainda maior de piratas, no montante de onze navios e mil homens, reuniu-se ao largo da costa. (Era o capitão Ward e sua frota de Túnis.) Sir Richard Moryson, então vice-presidente de Munster, não tinha como agir contra eles, e teve que recorrer ao velho método obviamente insatisfatório de perdoá-los. "É muito difícil para nós impedirmos ou frustrarmos a ida constante de piratas à costa oeste da província", disse ele a Lorde Salisbury, "porque é um local isolado, o povo é incivilizado e eles são fortes e ricos tanto para comandarem como para obterem ajuda".

Esta era a situação quando Berehaven atraiu pela primeira vez a atenção irada do governo inglês. Isto aconteceu na época de Donnel O'Sullivan Beare. Como porto seguro, o local era e ainda é ideal. Como prova, só é necessário dizer que é uma das bases navais mantidas pela Grã Bretanha com o Tratado de 1921. É realmente um porto seguro dentro de um porto seguro, porque fica no fundo da Baía Bantry, que é famosa por ser um dos melhores ancoradouros naturais do mundo, assim como muito bonita.

Mesmo em meados do século XVIII podia-se dizer que a Baía Bantry era grande o suficiente para abrigar todas as frotas da Europa, e isso não era nenhum absurdo, porque a baía tem umas vinte e uma milhas de comprimento e em média três milhas de largura. Além disso, é profunda. Berehaven é formada pela Ilha Bere, uma faixa de terra corcunda de aproximadamente sete milhas de comprimento e uma milha e meia de largura, que fica em frente ao litoral norte da Baía Bantry. Vista do fundo da Baía, isto é, do lado leste, a ilha lembra muito um crocodilo ao sol. Como é quase paralela à terra firme, e quase a toca na ponta mais próxima do oceano, a ilha propicia aos navios um refúgio perfeito quando o mar na Baía Bantry está encapelado.

O principal reduto de Donnel O'Sullivan era o castelo Dunboy, em terra firme, que dominava a estreita passagem do mar para a enseada. Ele era um pirata impetuoso, ousado por ter consciência da inexpugnabilidade de seu refúgio e do apoio do poderoso do clã O'Sullivan, a quem o distrito pertencia. Mesmo hoje, pelo menos 75% dos habitantes de Castletownbere, a isolada cidadezinha em terra firme em frente à ilha, é O'Sullivan. Ali chegavam piratas notórios e obscuros, e um negócio animado eles conduziam, pois Berehaven tinha uma rival, a enseada vizinha de Baltimore, conhecida também pelo nome pitoresco de Dunashad, ou o Forte das Joias. Dunashad é uma baía protegida "onde uma infinidade de barcos pode velejar, já que tem marés insignificantes, águas profundas e um bom lugar para querenar os navios", para citar Sir Thomas Stafford.

A enseada é formada pela Ilha Sherkin, que atua como um quebra-mar natural. Mais adiante no mar temos a Ilha Clear, o pedaço de terra mais próximo do Farol de Fastnet Rock, cujo feixe poderoso alegrou muitos viajantes transatlânticos. Este refúgio bem abrigado e o distrito circunjacente, na época o maior baronato da Irlanda, era comandado pelos O'Driscoll, que talvez mereçam ser lembrados como o clã mais notável de piratas do mar da Irlanda. Podia-se ter bons lucros com os piratas que chegavam impulsionados pelos ventos favoráveis, com presas arrancadas das mãos dos odiados ingleses. Então, pode-se presumir que havia pouco afeto entre a família O'Sullivan e a O'Driscoll. Não se pode duvidar que os piratas eram conhecedores deste fato e tiravam grande vantagem deste conhecimento.

Assim, Berehaven e Baltimore não eram refúgios de piratas no sentido de pertencerem a piratas confessos que os usavam como base de operações. Eram postos úteis para onde qualquer pirata podia ir para garantir preço alto para suas cargas ou para onde podia bater em retirada quando sob pressão. Ao mesmo tempo, não há dúvida de que os donos das duas enseadas também faziam umas piratarias e que não eram particularmente escrupulosos quanto a desrespeitar os interesses uns dos outros, ou os de quaisquer outros irlandeses. Houve, por exemplo, a ocasião em que Sir Fineen O'Driscoll – Sir Fineen dos Navios, como era conhecido – se deu muito mal por causa de uma carga de vinhos.

Em um dia de tempestade em fevereiro, esta pessoa distinta, em companhia de seu filho bastardo, Gilly Duff, apelidado de Black Boy, viu um navio perdido na entrada da Baía de Baltimore. Pulando em um barco, a dupla atenciosa se ofereceu para pilotar o desconhecido, para o alívio dos marinheiros exaustos. Era um barco português carregado com cem toneladas de vinho destinado a certos mercadores em Waterford. Quando os O'Driscoll descobriram isso, decidiram se apossar da valiosa carga. O capitão português ficou encantado quando os charmosos estranhos convidaram a ele e a seus oficiais para jantar com eles em seu santuário. Aparentemente, ele não suspeitou quando a tripulação foi incluída no convite. Foi como a história da aranha e da mosca. Assim que os marinheiros estavam dentro do castelo, eles foram capturados e presos a ferros, e o trabalho de transferir o vinho começou. Mas os mercadores de Waterford não eram homens de aceitar serem feridos em seu orgulho (e em seus bolsos) desta forma, e rapidamente equiparam um navio armado para vingar sua perda.

Os O'Driscoll, ainda descarregando o navio de vinhos, foram surpreendidos, e mal escaparam com vida. Entusiasmado com a vitória, o Prefeito de Waterford enviou outra expedição dias mais tarde, e deixaram o Castelo Baltimore em ruínas, além de queimar todos os navios dos O'Driscoll, que eram cerca de cinqüenta. Rebocaram a galé de trinta remos dele para Waterford como prova de sua façanha. A enseada de Baltimore não levou muito tempo para se recuperar deste revés. Novas riquezas logo afluíram com os negócios com os piratas.

O povo de Berehaven não tardou em voltar a atenção para qualquer esquema que lhes fizesse ganhar dinheiro. O orgulho deles, se não o egoísmo, não lhes permitiria representar papel secundário frente a Baltimore. Então Donnell O'Sullivan acrescentou a suas atividades como receptador em grande escala o arrendamento de direitos de pesca a estrangeiros. E, estranhamente, os direitos que ele arrendou eram em sua maioria dele mesmo. "A costa produz abundância de peixes como poucos lugares na cristandade", escreveu Sir Thomas Stafford, "e na época da pesca havia tal variedade de pescadores de todas as nações, embora as taxas que eles pagavam para O'Sullivan fossem muito baixas, que na pior das hipóteses lhe proporcionavam mil e quinhentas libras por ano". Hoje a quantia equivalente seria de pelo menos quinze mil libras.

Assim continuou a rivalidade entre os dois refúgios de piratas por muitos anos. Mas Berehaven foi o primeiro a cair. Em 16 de setembro de 1602, Sir George Carew desfechou um furioso ataque sobre o castelo de Dunboy. O cerco fez parte da implacável repressão da rebelião de 1600-1603. Na época, a enseada era defendida por apenas cento e vinte homens, e as forças de Carew totalizavam pelo menos cinco mil, mas os valentes defensores resistiram até o dia 18, quando finalmente uma brecha foi aberta nos muros e os atacantes invadiram. Mesmo no último momento, quando os monarquistas estavam dentro do castelo, os irlandeses quase conseguiram uma vitória por pura teimosia. Quando os soldados irromperam no depósito de munições, eles viram Richard MacGeoghegan, o valente comandante do castelo, penosamente rastejando na direção de vários barris de pólvora com uma vela acesa na mão. Eles o agarraram na hora H e, embora ele estivesse mortalmente ferido, mataram-no imediatamente em um ataque repugnante de brutalidade sem sentido.

O próprio O'Sullivan estava lutando em outra parte, e conseguiu escapar para a Espanha, onde foi morto a punhaladas traiçoeiramente por um anglo-irlandês. Enquanto covil de piratas, Berehaven pode ter merecido ser extinta, mas Carew não a atacou por causa disso. Ele puniu os piratas por sua suposta deslealdade com a Coroa, algo que não estava absolutamente comprovado. Por consequência, a carnificina generalizada que se seguiu à tomada do castelo Dunboy é uma questão que os ingleses preferem esquecer. Foi desnecessária, indigna e injustificada. Hoje só resta um fragmento caindo aos pedaços do castelo Dunboy, e o local onde ficava está coberto de árvores. Assim caiu Berehaven, por uns tempos (Fuller e Leslie-Melville, 1935, p. 168-173).

Quanto a Baltimore, somos gratos a uma fonte irlandesa, *The Sack of Baltimore*, de H. Barnby, por sua história. Sir Fineen O'Driscoll "dos Navios", que aparece como um patife cativante em Pirate Harbours, agora assume um aspecto menos romântico. Ele aqui surge como um colaborador com os ingleses, por ter tomado o partido deles na rebelião do Duque de Desmond. O'Driscoll entregou vários "assassinos" (rebeldes?) para as autoridades, e estava tão cheio de dívidas que começou a arrendar partes de sua propriedade para colonos ingleses. Seus súditos irlandeses foram abandonados à própria sorte.

> Em 1605, Thomas Crooke, inglês, se ofereceu para arrendar por vinte e um anos a cidade de Baltimore e terras cultiváveis das vizinhanças por duas mil libras. Sir Fineen O'Driscoll aceitou a oferta e o contrato de arrendamento foi redigido. Surpreendentemente, não há registro de qualquer reclamação da população. É possível que, em 1605, muitos moradores de Baltimore, ofendidos com a presença de tropas inglesas na área, tenham se mudado para o norte ou para o relativo santuário de uma das maiores ilhas da Baía de Roaringwater.
>
> Quando Thomas Crooke arrendou as propriedades de Sir Fineen O'Driscoll em 1605, a presença física dos ingleses na parte oeste de Cork era muito pequena, e seu plano de instalar várias centenas de colonos ingleses na área de Baltimore deve ter sido mais do que aceitável para as autoridades de Cork, Dublin e Westminster. Se, no entanto, estas mesmas autoridades houvessem se perguntado como uma quantidade considerável de colonos iria se manter na área, eles poderiam ter chegado a conclusões ligeiramente perturbadoras. No "Calendar of State Papers" (Registro de Documentos do Governo), Irlanda, 1606-1608, há vinte e uma referências a Baltimore e a maioria diz respeito à pirataria.
>
> No entanto, o estabelecimento formal da colônia inglesa em Baltimore foi firmemente avante. Em 3 de julho de 1607, Balti-

more foi autorizada pelo "His Majesties High Court of Chancery"[64] a instituir: um mercado às sextas-feiras, e duas feiras em 24 de junho e 28 de outubro e dois dias depois de cada..." Em 26 de setembro de 1612, o burgo recebeu sua carta magna. Esta nomeava "... Thomas Crooke, *cavaleiro*, para ser o primeiro soberano, e James Salmon, Daniel Leach, Joseph Carter, Wiliam Hudson, Joseph Hoskins, Stephen Hunt, Thomas Bennet, sênior, Thomas Bennet, júnior, Roger Benent, William Howling, Thomas Germon e Richard Commy para serem os primeiros doze representantes do burgo no parlamento..." O soberano deveria realizar audiências para julgar crimes de menor gravidade e ações civis todas as sextas-feiras, ao passo que ele e seu conselho tinham o poder de instituir regulamentos. Foram também investidos com o dever de eleger dois homens judiciosos para fazerem parte do parlamento que Jaime I estava planejando convocar num futuro próximo em Dublin. Thomas Crooke havia sido nomeado o primeiro soberano, mas no futuro os representantes do burgo iriam se reunir uma vez por ano com o propósito especial de eleger um deles para assumir este cargo.

Parece que os irlandeses que ficaram e se misturaram com os novos colonos estavam bem preparados para suportar qualquer tipo de mudança. No entanto, poucos escolheram ficar e disseram a um espanhol que entrou no porto de Baltimore com um navio em 1608 que havia então muitos poucos irlandeses por lá.

A façanha de Thomas Crooke foi formidável. Ele havia, nas palavras do Bispo de Cork, "... às próprias custas... reunido fora da Inglaterra toda uma cidade de ingleses, maior e mais civil e religiosamente ordenada do que qualquer cidade desta província que começou tão recentemente..."

---

64 Tribunal do Lorde Chanceler, uma das cinco divisões do Supremo Tribunal de Justiça da Grã Bretanha, presidida pelo presidente da Câmara dos Pares (dos Lordes).

A confiável teologia anglicana dos novos colonos do oeste de Cork fez com que os representantes do Rei Jaime não notassem as características menos atraentes da nova colônia de Thomas Crooke. Parece mais do que possível que Thomas Crooke tenha estabelecido sua colônia em Baltimore com a intenção de fazer negócios com os piratas. Isto não implica que os colonos não devessem ter outras ocupações, mas eles formavam um povoado portuário e dependiam de navios visitantes que comprassem seus produtos e serviços em troca de dinheiro ou outros produtos. Como seus clientes arrumavam dinheiro e produtos para troca, não era problema deles. Os novos colonos em Baltimore estavam se comportando exatamente da mesma forma que muitos portos no sudoeste da Inglaterra haviam se comportado por décadas, mas a Inglaterra, com um rei de orientação legalista, estava ficando perigosa para os piratas. Thomas Crooke havia previsto esta situação e tomado medidas para lucrar com ela.

O volume oficial de negócios feitos em Baltimore era ridiculamente pequeno. De acordo com uma fonte, apenas três carregamentos de vinho entraram no ancoradouro nos anos de 1614 e 1615. O volume de negócios não oficiais deve ter sido considerável. Certas mercadorias de piratas que entraram na Irlanda por Baltimore eram distribuídas para toda a província e sabe-se que o próprio presidente de Munster e muitos outros cidadãos proeminentes de Cork compraram de tal fonte. Em 1608, não mais do que dois anos depois dos ingleses se estabelecerem em Baltimore, Thomas Crooke foi chamado perante o Conselho Privado[65] em Londres para responder a acusações de ter feito negócios com piratas. Foi esta acusação que instigou a carta de recomendação do bispo de Cork. O Conselho Privado o absolveu com todas as honras; e como poderia ser diferente? Tinha havido revoltas em

65 Privy Council, conselho privado do soberano inglês que, até o século XVII, era corpo legislativo supremo (N.E.).

Munster em que colonos ingleses tiveram suas gargantas cortadas. Se homens ambiciosos e enérgicos como Richard Boyle e Thomas Crooke foram capazes de persuadir grandes grupos de protestantes ingleses a irem colonizar esta área problemática, como poderiam as autoridades inglesas pôr em risco o empreendimento deles sendo lenientes demais com seus métodos comerciais?

O Conselho Privado pode ter absolvido Thomas Crooke e seus companheiros colonos, mas outros foram menos condescendentes. Em 1608, os venezianos escreveram que havia dois antros principais de piratas ingleses, e um destes ficava na costa irlandesa, em Baltimore. Uma fonte inglesa afirmou, em 1608, que todas as enseadas de Munster eram seguras para piratas, mas que Baltimore era a mais frequentada por eles. Também em 1608, o presidente de Munster escreveu que Robinson, um pirata, chegou a Baltimore em um navio de cento e vinte toneladas e vinte canhões. "... A princípio suas instruções exatas foram cumpridas pelos habitantes de Baltimore... embora os fracos habitantes não lhes pudessem negar ajuda, ainda assim por um tempo foram impedidos de conseguir o que precisavam para os reparos. Até que, diariamente arrebanhando mais homens, ficaram tão assustadores para os pescadores e toda a região que estes, sem terem meios de se defender nem de atacá-los, foram forçados a fazer um acordo com eles..." Já que o principal representante do rei na província de Munster confirma ter negociado com um pirata em Baltimore, é razoável presumir que os habitantes daquele lugar, cercados por uma hinterlândia em sua maior parte gaélica e com o representante da Coroa mais próximo a muitas milhas de distância, teriam estado prontos para, e mais que dispostos a, fazer negócio.

Eles também tinham meios de disfarçar seus atos com uma aparência de legalidade. Um dos piratas mais bem sucedidos de sua época, Henry Mainwaring, havia aceitado o perdão do rei e escreveu uma obra muito completa sobre os métodos utilizados pelos piratas na costa da Irlanda. Ele afirma que quando os piratas precisavam de suprimentos de carne, mandavam uma pessoa discreta até a terra firme para procurar um fazendeiro que tivesse gado para vender. O fazendeiro dizia aonde ia colocar o gado e os piratas mandavam um grupo para pegá-lo depois de escurecer. Estes davam um ou dois tiros de mosquete como se estivessem atacando por terra. O pessoal local, avisado com antecedência, ficava fora do caminho. Este negócio era muito bem vindo, disse Mainwaring, porque o gado vendido desta maneira geralmente rendia o dobro do valor de mercado.

A nova colônia inglesa em Baltimore parece ter florescido. O Rei Jaime, embaraçado com as reclamações de mercadores estrangeiros, insistia que se fizesse alguma coisa para acabar com os piratas do sudoeste da Irlanda. De vez em quando um vaso de guerra real velejava ao longo da costa. Mas os navios reais eram, em geral, velhos e mal conservados. Os piratas, cujos pescoços dependiam de sua agilidade, usavam pequenos navios de guerra construídos pelos holandeses que, quando em ordem, eram os mais rápidos. Quase nunca eram pegos pelos navios reais, e quando isso acontecia, não raro conseguiam chegar a um acordo com seus captores. Muitos piratas estavam em ação, mas muito poucos foram enforcados. Os holandeses obtiveram a permissão do Rei Jaime para procurar por piratas nas angras e enseadas do sudoeste da Irlanda, mas quando apareciam na costa de Baltimore e pediam que um piloto os levasse até o ancoradouro, Thomas Crooke os mandava embora. Pode parecer arriscado tomar tal atitude com relação ao comandante de uma esquadra holandesa atuando com permissão real, mas Thomas Crooke devia saber o que estava fazendo, porque continuou a prosperar. É difícil saber exatamente o tamanho da sua fortuna, mas sabemos que se tornou baronete em 1624, pouco antes de morrer.

A nova comunidade inglesa em Baltimore foi quase em sua totalidade o produto da iniciativa, energia e falta de escrúpulos de

Sir Thomas Crooke, baronete. É então compreensível que as coisas começassem a dar errado quase a partir do momento de sua morte.

Parece possível, e de fato é presumido por alguns autores (de Pirate Harbors, por exemplo), que, depois da morte de Crooke, o povo de Baltimore decidiu andar na linha. A pesca da sardinha estava se revelando extraordinariamente lucrativa e as autoridades estavam, cada vez mais, aumentando seu controle sobre as regiões "sem lei". Podemos formular a hipótese de que em 1624 os líderes de Baltimore deram a saber aos piratas oficiosamente que os dias de hospitalidade haviam acabado, e que o porto estava fechado para todas as ilegalidades, a não ser a um pouco de contrabando inofensivo.

Enquanto isso, o irresponsável Sir Fineen se afundara ainda mais em um atoleiro de dívidas. Um credor apareceu em cena.

Sir Walter Coppinger, baronete, magistrado na cidade de Cork, era de uma ganância que guardava uma forte semelhança com o comportamento exagerado de seus ancestrais vikings. Ele reconhecia, tão claramente quanto Richard Boyle ou Thomas Crooke, que o oeste de Cork estava subpovoado e pronto para o desenvolvimento. Coppinger era, no entanto, um fiel católico apostólico romano e não gostava nem um pouco dos novos protestantes ingleses que começavam a povoar a região. Ele não tinha a intenção de estabelecer ingleses como colonos na parte oeste de Cork. Estava interessado em aumentar suas posses na área. Suas aquisições iniciais foram sobretudo de antigos proprietários irlandeses. Às vezes os títulos de propriedade eram confusos, e Sir Walter se viu em meio a disputas com outros ocupantes. Nessas ocasiões, suas maneiras podiam ser brutais. A Companhia das Índias Orientais de Londres comprou madeira bem acima do estuário de maré do rio Bandon em 1612. Ali eles começaram a construir navios. Sir Walter resolveu acreditar que a terra lhe pertencia. Por isso não gostou de ver ingleses derrubando suas árvores, então mandou homens armados para persegui-los. Esses capangas de aluguel aterrorizaram os trabalhadores do estaleiro e arrebentaram as represas que haviam sido construídas para mover os martelos hidráulicos. A disputa sobre o bosque Dun Daniel caiu no esquecimento, mas Sir Walter logo aparece de novo nos registros. A seguir, ele fez uma tentativa de tomar Baltimore. Sua reivindicação não era frívola.

Em 1573, Fineen O'Driscoll havia passado o direito de propriedade de suas terras para a coroa inglesa, junto com outros senhores tribais do Munster. Isso foi parte de uma complicada reforma de títulos de terra cujo resultado foi que Sir Fineen agora tinha o título de propriedade de suas terras em seu nome e não, como antes, apenas na condição de líder eleito do *sept* (uma divisão de um clã). Fineen era jovem ao dar este passo. Por muitos anos, a mudança não teve qualquer efeito prático e sua vida na parte oeste de Cork continuou em seu padrão normal. Em 1583, ele visitou Londres e recebeu seu título de cavalheiro. Como Sir Fineen O'Driscoll, seu padrão de vida pode muito bem ter se revelado mais caro. Em 1602, seu prestígio sofreu um sério golpe ao ser obrigado a entregar três de seus castelos para os ingleses, mas seu mandato ainda era válido na parte oeste de Cork, e no mesmo ano ele deteve e entregou às autoridades inglesas assassinos procurados que haviam buscado refúgio em seus territórios. No entanto, sua posição financeira parece ter se deteriorado abruptamente na época e um dos resultados imediatos foi que O'Driscoll arrendou Baltimore por vinte e um anos para Thomas Crooke, em 1605.

Por volta de 1616, parece provável que Sir Walter Coppinger tenha emprestado a Sir Fineen O'Driscoll uma boa quantia de dinheiro, tomando como garantia suas terras ocupadas pelos colonos em Baltimore. Sir Thomas Crooke havia arrendado Baltimore por apenas vinte e um anos. O arrendamento acontecera em 1605, o que significava que em 1626 o arrendamento teria que ser renegociado, ou o uso da região deveria ser devolvido a Sir Fineen, seus herdeiros ou cessionários. Se Sir Fineen não pagasse o empréstimo, Sir Walter Coppinger automaticamente se tornaria seu cessionário e o dono absoluto de Baltimore assim que o arrendamento expirasse. Enquanto isso, ele demonstrou a firmeza de suas intenções perseguindo os colonos ingleses de todas as formas com que foi capaz. A princípio [Sir Walter] usou de força, mas os colonos parecem ter logo se organizado muito bem para se defenderem. Por consequência, ele mudou de tática e começou a processar civil e criminalmente os colonos individualmente, um depois do outro. Como magistrado de longa data na cidade de Cork, Sir Walter deve ter sido um oponente perturbador.

Sir Thomas Crooke morreu em 1624 e a colônia de Baltimore perdeu seu maior guia e padrinho. Em 1626, o contrato de arrendamento com Sir Fineen chegou ao fim e a terra e os prédios ocupados pelos ingleses em Baltimore foram parar nas mãos daquele inveterado oponente dos novos ingleses, Sir Walter Coppinger. Os colonos recorreram à Câmara dos Pares. Foi uma providência astuta, porque as autoridades inglesas iriam obviamente ficar muito relutantes em ver uma colônia inglesa protestante, localizada tão estrategicamente na distante parte sudoeste da Irlanda, cair nas mãos de um cavalheiro católico apostólico romano cuja lealdade era duvidosa. Deram início às negociações. Não se sabe que forma as negociações tomaram, mas houveram resultados. Em 14 de abril de 1629, um documento de anulação foi assinado por Sir Fineen e Sir Walter. O resultado foi que os colonos ingleses continuaram com a posse de suas propriedades arrendadas em Baltimore, embora Sir Walter ficasse de posse do forte de Dún na Séad (Barnby, 1969).

Então – para resumir – em 1629, o credor, Sir Walter Coppinger, teve a posse de Baltimore usurpada. Sir Walter odiava os ingleses, e havia usado de violência contra eles várias vezes.

Odiava os habitantes de Baltimore, porque haviam conseguido resistir a seus avanços, e porque eram protestantes imperialistas. Sir Walter tinha dois bons motivos – pelo menos em sua mente – para causar dano àquela coloniazinha – patriotismo e lucro. Dois anos depois, Baltimore sofreu de fato um grande dano. *Cui bono?*, como dizem os advogados.

No final de abril ou início de maio de 1631, Morat Rais partiu de Argel com dois navios bem armados, provavelmente de construção holandesa. Diz-se que capturaram "… nove portugueses, três paulicianos, dezessete franceses…" e afundaram dois navios franceses depois de saqueá-los de maneira meticulosa antes de chegar a águas britânicas. Então, em 17 de junho, um barco inglês de umas sessenta toneladas foi capturado a meio caminho entre Lands End e a costa da Irlanda. O nome do capitão do navio era Edward Fawlett e ele tinha consigo uma tripulação de nove homens. Morat tratou esse navio exatamente do modo como havia lidado com as embarcações de cabotagem francesas. Isso parece, à primeira vista, ter sido um desperdício estúpido de valiosos cascos. Os corsários do norte da África, no entanto, tinham um aguçado senso de valor e certamente tiveram bons motivos para se desfazerem de bens conseguidos com dificuldade. Talvez os três pequenos barcos fossem velhos e estivessem em mau estado, ou então fossem lentos demais para acompanhar a velocidade dos navios holandeses. Além disso, eram provavelmente considerados fracos demais para terem chance de chegarem a Argel sem escolta. Uma tripulação de primeira de marinheiros Renegados e soldados turcos em um navio capturado tentando chegar a Argel em um barco daquele tamanho tinha uma grande chance de ser pega perto do Estreito de Gibraltar por algum navio de guerra católico e terminar seus dias acorrentada aos remos de alguma galé.

Os dois navios de Morat continuaram rumo noroeste na direção da costa irlandesa. Ele e provavelmente alguns de sua tripulação ainda tinham amargas lembranças de terem apanhado feio de um navio de guerra espanhol ao largo da costa holandesa. O Canal da Mancha e o Mar do Norte certamente pululavam de valiosos navios mercantes, mas também de navios de guerra – Carlos I estava interessado na Marinha Real e a estava reconstruindo novamente.

Os dois navios de guerra de Argel avistaram terra ao largo do Cabo de Kinsale na manhã de 19 de junho e foi lá que eles capturaram dois barcos de pesca que haviam partido da Baía de Dungarvan. Esses dois barcos eram pequenos demais para que Morat e sua tripulação tivessem interesse em pilhá-los e os capturaram apenas para obter informações.

O capitão de um destes barcos era um católico apostólico romano de nome Hackett. De agora em diante, fique de olho neste homem. Tudo o que ele faz parece suspeito.

Os navios de Morat teriam sido como centenas de outros navios atarefados nas águas costeiras do norte da Europa. Sendo assim, não havia nada que alertasse os dois barcos de pesca de Dungarvan. Até que Hackett e seus homens ficassem apreensivos, seria tarde demais para fugirem. Os chapéus de feltro vermelhos e os coletes vermelhos bordados dos janízaros logo denunciariam quem eram seus captores. Ordenaram-lhes que fossem para o barco de Morat enquanto seus barcos de pesca, sob o comando de uma tripulação de piratas, remava à procura dos outros pescadores de cavalinhas.

A viagem dos argelinos havia durado talvez dois meses, e tudo que haviam conseguido era umas poucas cavalinhas, alguns suprimentos insignificantes dos navios e quarenta marinheiros cativos. Era um saque muito pequeno, já que tinha que ser dividido entre duzentos e oitenta homens famintos. Ainda mais quando a metade tinha que ir para os donos do navio de guerra, e 25% do resto para a milícia e para os fiscais da alfândega de Argel.

> Era provável que houvesse Renegados e até escravos cristãos na tripulação de Morat que conheciam Kinsale. Eles podem ter incitado o capitão a entrar na enseada de Kinsale na esperança de encontrarem um ou dois navios fundeados na enseada. Mas quando Morat ordenou que John Hackett pilotasse o navio e os levasse para o ancoradouro abrigado, o homem de Dungarvan disse que Kinsale seria perigoso demais para eles. Como alternativa, sugeriu que atacassem Baltimore. Ficamos a imaginar o porquê.
>
> Dungarvan fica a leste de Kinsale. Pode, portanto, ter parecido uma boa ideia para Hackett convencer os argelinos a irem para oeste. Baltimore era a primeira enseada a oeste de Kinsale e tinha também a reputação de ser um refúgio para piratas ingleses e poderia ter parecido justo para Hackett encorajar uma situação de todos contra todos. Mas provavelmente o principal motivo para John Hackett sugerir Baltimore era que ela era uma colônia relativamente nova de protestantes ingleses.

Parece-me – e esta é apenas uma hipótese – que Hackett poderia ter tido uma razão mais "profunda" para este comportamento estranho. Tudo o que sabemos dele se origina de seu próprio testemunho durante seu julgamento, quando, ao que tudo indicava, ele tentava justificar seus atos com alguma mentira. E se a captura do barco de Hackett ao largo de Kinsale não foi um acidente, mas sim um *rendezvous*? E se Hacket, católico, fosse um agente do católico Sir Walter Coppinger? E se Coppinger estivesse em contato com representantes dos corsários – o que seria muito fácil no condado de Cork, pelo que parece – e houvesse sugerido um ataque a Baltimore? Talvez ele a tenha pintado como uma presa mais rica do que era de fato ou talvez ele tenha amenizado a sugestão com uma oferta de pagamento – e Coppinger podia pagar. E talvez, em 19 de junho, Hackett tenha deliberadamente colocado seu barco naquela rota de propósito para ser "capturado" para que ele pudesse atuar como piloto e guia dos corsários. (Sabemos que os corsários *sempre* procuravam tais especialistas, como os mouriscos que atuavam como espiões na Espanha, ou o escravo dinamarquês que guiou Murad até a Islândia.) Tudo muito conjectural, é claro. Mas... fique de olho em Hackett.

Os dois barcos argelinos foram na direção oeste. O primeiro lugar onde há registro de terem sido avistados da praia foi em Castlehaven, cinco milhas a leste de Baltimore. Foram vistos passando pela entrada do ancoradouro ao pôr-do-sol, mas a presença deles não assustou ninguém.

Estava começando a escurecer quando os dois navios deitaram âncora ao largo da entrada da enseada de Baltimore. A posição exata deles foi registrada como à distância de um tiro de mosquete a sudeste da entrada da enseada.

Eram dez da noite de um domingo e a maioria das pessoas já estava em casa, na cama. Os dois navios argelinos, balançando com o movimento da maré, presos pelos cabos das âncoras, estavam tão invisíveis e ignorados quanto se ainda estivessem amarrados ao quebra-mar em Argel.

Morat tomou sua decisão sem demora. Pegou um dos botes a remo do navio e liderou uma missão de reconhecimento à enseada. Como guia, ele levou o capitão Fawlett, comandante do navio mercante inglês que ele havia capturado perto de Lands End. Isso prova que o capitão inglês deve ter visitado Baltimore antes, provavelmente com contrabando de vinho da Espanha ou do sudoeste da França. Com tiras de sacos de aniagem amarrados às pás dos remos para amortecer o som das batidas dos remos na água, o pequeno destacamento de reconhecimento se moveu em silêncio ao longo do litoral irregular da enseada enquanto o capitão Fawlett apontava a localização e as partes principais da cidade. Morat logo se decidiu. "Teremos uma boa viagem", anunciou à tripulação que aguardava quando voltou para seu navio, e se pôs a delinear seu plano de ação.

Os argelinos sempre desembarcavam da mesma forma. Dependiam de causar pânico, e o pânico é mais facilmente conseguido na friagem antes da aurora. Às duas da madrugada, o grande grupo que ia desembarcar desceu dos dois navios e se aglomerou nos barcos a remo e nos dois barcos de pesca que haviam rebocado de Kinsale. Os janízaros levaram mosquetes e cimitarras, e o resto havia se armado com facões e carregava pés-de-cabra e faixas de lona embebidas em alcatrão embrulhadas ao redor de varas compridas, prontas para serem acesas. John Hackett acompanhou o grupo de desembarque, detalhe que deve ter pesado muito contra ele em seu julgamento. Seria possível forçar uma pessoa a apontar a localização de alguma cidade de um barco a remo colocando uma faca contra suas costelas. Mas que uma pessoa cativa havia tão pouco tempo acompanhasse um grupo de desembarque, situação que oferecia muitas possibilidades de escapar, é uma forte indicação de que havia algum acordo especial com seus captores. Os barcos seguiram um depois do outro entre a Ilha Sherkin e a terra firme. Conservaram uma boa distância do rochedo no lado leste da entrada da enseada, que revelava sua presença por pequenas ondas que se quebravam sobre a superfície do mar. A coluna escura se moveu para o norte, para a Ilha Coney, contornou os pequenos rochedos, depois deu a volta para entrar no semicírculo protegido que é a angra. Os barcos passaram com cuidado entre os barcos de pesca ancorados e pararam em cima da praia de lama e cascalho. Os invasores acenderam seus fachos e então, com um grito em uníssono, saltaram dos barcos e correram praia acima.

Hoje há apenas umas poucas casas na angra, mas as fundações de pedra de muitas outras ainda podem ser vistas nos campos que dão para o mar. Em 1631, a maioria teria telhado de colmo e paredes de madeira e estuque, ou de entulho comprimido entre a madeira e o estuque. Aquelas casas eram provavelmente muito úmidas, mas em junho o madeirame do telhado, pelo menos, estaria seco o suficiente para pegar fogo. De repente houve um barulho, luz e uma confusão irrompeu na paz de uma noite de verão. Mas houve poucos mortos. Corpos não têm valor, e os corsários raramente se esqueciam de seus interesses comerciais.

Velocidade era o mais importante. A noite estava escura para os invasores também. Não podiam ter certeza a respeito do que estava do lado de fora do círculo de luz criado por seus archotes em fogo. Eles sabiam que era improvável que houvesse muitos homens armados ali perto, mas não tinham certeza. Não queriam demorar mais do que o necessário. Não se sabe se a maré estava subindo ou baixando na hora, mas Morat Rais era marinheiro o suficiente para garantir que homens competentes haviam sido deixados juntos aos botes para tê-los a postos para partir. Os cativos eram levados para a praia e empurrados para os barcos argelinos...

Morat Rais decidiu que a maior parte da aldeia merecia ser atacada. Havia um certo risco, ele o sabia, e fez seus planos mantendo isso em mente. Acompanhado pelo curioso John Hackett, que estava apertando mais e mais a corda em torno de seu próprio pescoço a cada passo que davam, liderou um grupo em direção ao forte e ao píer. Na metade do caminho estreito, a inclinação do morro começa a ficar muito íngreme. Ali Morat Reis deixou sessenta de seus mosqueteiros em posição, controlando a trilha e a faixa de praia que fica entre o nível da preamar e da baixa-mar. Continuou então para a parte principal da aldeia acompanhado por homens preparados para o assalto.

O ataque à primeira casa ocorreu com tranquilidade. Os archotes atearam fogo aos telhados, os pés-de-cabra arrombaram as portas de madeira. O relato oficial alega que os argelinos arrombaram quarenta casas na parte principal de Baltimore, pilharam trinta e sete e capturaram dez pessoas. Obviamente o elemento surpresa havia se perdido.

Devia haver muito mais do que dez pessoas em trinta e sete casas. Os outros devem ter ficado sabendo com muita antecedência e escaparam. O morro vai ficando mais íngreme depois do forte vazio. Ali, onde existiam mais casas, um dos colonos, William Harris, estava tomando medidas defensivas. Ele já dera uns tiros a esmo com seu mosquete, enquanto que um de seus vizinhos começara a tocar um tambor.

Morat Rais teria percebido todos estes sinais. Deve ter achado que o tambor era o mais perturbador. Tambores são usados para tocar músicas marciais e geralmente pertencem a soldados. Ele ordenou a seus homens que recuassem para os barcos. Eles obedeceram sem demora, recuaram rápido pela trilha, recolheram seus mosqueteiros que estavam esperando de tocaia e continuaram a descer a ladeira até a angra. Subiram nos barcos que os esperavam e se afastaram da praia. A próxima terra firme em que tocariam seria o solo seco da África. A lista que consta dos registros oficiais não é muito clara. Dá tanto os nomes quanto os números com algum detalhe, mas o fraseado é meio ambíguo. No entanto, James Frizell, relatando a chegada dos cativos de Baltimore em Argel em 10 de agosto, diz que oitenta e nove mulheres e crianças e vinte homens, dois a mais do que consta na lista oficial, haviam sido capturados em Baltimore. Na lista oficial consta o nome de dois homens que morreram no ataque, e de dois cativos idosos que foram mandados para a praia quando Hackett e um de seus companheiros pescadores de Dungarvan foram liberados juntos com Fawlett, o capitão córnico.

Aparentemente apenas os celtas foram libertados! Os "prisioneiros" irlandeses e córnicos foram soltos, e os *cativos ingleses* levados de volta para Argel! E, acima de tudo, o ubíquo Hackett, tão disposto a dar informações, tão *entusiasmado* com sua oportunidade de cooperar com corsários mouros! Teria sido melhor para ele ficar com Murad e fugir para Argel. Mas presume-se que tivesse motivos para ficar na Irlanda – talvez apresentar um relatório para Sir Walter? Para receber seu pagamento?

Um relato engraçado ainda está nos arquivos oficiais ingleses descrevendo a tentativa inútil de perseguir Morat Rais:

> No dia supracitado, antes do amanhecer, notícias chegaram a Thomas Bennet trazidas por umas pessoas que fugiram no primeiro ataque, e ele enviou uma carta ao sr. James Salmon de Castlehaven, implorando que ele se esforçasse ao máximo para convencer o senhor Fawlett, que estava em seu navio na enseada, a apressar-se a ajudar os cativos supracitados que, tudo indica, não poderiam triunfar. Então o senhor Salmon imediatamente enviou o Capitão Hooke, comandante do navio do rei, que estava, na ocasião, na Enseada de Kinsale, informando-o dos acontecimentos, e Sir Samuell Crooke da mesma forma mandou uma carta ao soberano de Kinsale contando sobre as calamidades supracitadas, e rogando que ele mandasse o capitão do navio do rei para que ele os ajudasse o mais rápido possível. O emissário do sr. Salmon, sob seu comando, também foi de Kinsale para Mallow para informar o presidente do acontecido, e este então enviou suas ordens para o soberano de Kinsale: era para o capitão Hooke partir com o navio do rei e que se apressasse, o que aconteceu em quatro dias. Mas os turcos, não tendo ficado na enseada por mais tempo do que o necessário para levantar as âncoras e içar as velas, haviam sumido de vista. O navio do rei foi atrás, mas nunca conseguiu avistá-los. (Sir Samuel Crooke deve ser o herdeiro do falecido Sir Thomas Crooke.)

E assim, por bem ou por mal, os piratas se escafederam. (A cabeça de Hooke mais tarde rolou, já que, ao que parece, era ele quem tinha a maior responsabilidade, e acabou recebendo a culpa por tudo o que deu errado, como veremos).

Barnby fez um excelente trabalho acompanhando o destino dos prisioneiros de Baltimore.

> Não sobraram registros dessa viagem, mas, comparando os relatos deixados pelos cativos islandeses com duas outras descrições contemporâneas de viagens em navios argelinos, é possível termos uma ideia das condições contra as quais o povo de Baltimore teve de lutar.
>
> Os homens ficaram confinados no porão do navio junto com os marinheiros ingleses e franceses capturados mais cedo na viagem e os cerca de dez pescadores de Dungarvan. Todos ficaram agrilhoados ou então tiveram suas pernas presas no tronco. De acordo com o relato de um islandês, os cativos eram soltos de suas correntes quando os navios estavam muito afastados de terra.
>
> As mulheres e as crianças não ficaram agrilhoadas nem acorrentadas. Na verdade, ficaram livres para irem aonde quisessem no navio, a não ser no convés superior. Para colocarem seus pés lá, tinham que esperar por um convite. Os islandeses relataram que os homens de Morat causavam alvoroço com as crianças, enquanto os turcos eram frequentemente vistos dando-lhes guloseimas de seus próprios estoques particulares. O pároco islandês que deixou o relato mais detalhado da viagem, descreveu como, quando sua esposa deu à luz um bebê durante a viagem, dois dos Renegados deram a ela camisas, uma para cada um, para que usasse como cueiros. Este mesmo relato diz que os oficiais do navio forneceram às mulheres cortes de lona de vela para que elas pudessem montar tendas entre os conveses e assim terem um pouco de privacidade. É razoável presumir que as mulheres de Baltimore gozaram da mesma consideração.
>
> Os navios argelinos haviam ficado no mar por muitas semanas. Os turcos de Argel e seus marinheiros Renegados tinham em toda a Europa cristã uma assustadora reputação de selvageria e lascívia para com mulheres e meninos, e conservaram esta repu-

tação até os últimos dias de sua existência na África. No entanto, nem os relatos dos islandeses nem quaisquer outros relatos contemporâneos de viagens semelhantes mencionam mulheres cativas sendo molestadas sob qualquer forma. Isto poderia significar, é possível, que a agressão fosse considerada algo normal e não fosse considerada digna de ser mencionada. Mas o pároco islandês escreveu em seu relato que os Renegados argelinos haviam estuprado uma moça islandesa enquanto estavam em terra firme nas Ilhas Vestmanna, e o que vale mencionar em terra firme certamente vale mencionar no mar. Os europeus que mandavam cartas de Argel estavam sempre prontos a descrever os sofrimentos dos cativos cristãos em termos comoventes. No entanto, o cônsul inglês James Frizell, escrevendo de Argel sobre a chegada dos cativos de Baltimore, não mencionou qualquer reclamação das mulheres...

O butim total em seres humanos que Morat Rais havia trazido de sua viagem não era extraordinariamente grande. Duzentos e oitenta homens haviam ficado longe da cidade por algo como três meses e voltaram com vinte homens e oitenta e sete mulheres e crianças de Baltimore, nove pescadores irlandeses, nove marinheiros ingleses do navio do capitão Ffawlett, uns dezessete marinheiros franceses, nove portugueses e outros três marinheiros. Isso dá o total de cento e cinquenta e quatro pessoas, o que daria um rendimento que tinha que ser dividido entre todos os membros da tripulação e mais muitas outras pessoas envolvidas financeiramente. Provavelmente era manhã quando este pelotão, um tanto patético, foi levado do quebra-mar, passando pelo portão do ancoradouro, até a cidade.

Os novos cativos foram levados para o palácio do paxá. Quinze dos cativos de Morat Rais pertenciam por direito ao paxá. Foi sem dúvida um momento dramático quando este grupo foi separado dos companheiros. Os argelinos não eram sentimentais em relação aos cativos. O paxá escolhia os escravos que mais lhe agradassem, e se isto significava separar membros de uma mesma família, não teria qualquer importância para ele. Père Dan, o padre trinitário francês que chegou a Argel em 1635, disse que fora lamentável ver as famílias irlandesas separadas, ao passo que o filho de nove anos do pároco islandês capturado em 1627 foi vendido separadamente de seus pais e enviado para Túnis.

O cônsul britânico, James Frizell, decerto visitou os cativos de Baltimore logo depois da chegada deles em Argel, já que ele escreveu em agosto de 1631 para o Secretário de Estado de Relações Exteriores em Londres que "cento e sete prisioneiros haviam chegado, vinte dos quais eram homens e o resto mulheres e crianças..." Isso pelo menos deixa claro que todos eles sobreviveram à viagem. Tiveram mais sorte quanto a isto do que os islandeses, quatro anos antes, dentre os quais quatro haviam morrido no mar. James Frizell não era de escrever muitas cartas. Tendo dito que os cativos de Baltimore estavam vivos, pediu que lhe enviassem fundos para que ele pudesse resgatá-los, e isso foi tudo. Não deu detalhes sobre o que aconteceu a eles depois que chegaram à cidade.

Sabemos que os cento e sete homens, mulheres e crianças que foram surpreendidos em suas modestas camas entre as duas e às quatro da madrugada de 20 de junho de 1631 chegaram em Argel a salvo. Foram então expostos no mercado diante de centenas de olhos estranhos, e foram vendidos e entregues aos seus compradores. Não há registros da compra e venda deles. Ninguém na verdade sabe o destino de qualquer um dos cativos de Baltimore. No entanto, tendo em mente as experiências de outros cativos em Argel naquela época de que há registros, é possível especular com alguma confiança sobre o destino deles.

Em Argel, um escravo tinha quatro fontes potenciais de valor: como trabalhador, como acompanhante, como fonte de renda ou como um degrau para se alcançar o paraíso. A primeira categoria inclui todos os homens fortes, capazes de remar, cavar valas, carregar peso, trabalhar no campo ou nas pedreiras da cidade.

Também nesta categoria estavam incluídas as cativas consideradas capacitadas apenas para trabalhos domésticos pesados.

A segunda categoria incluía todos os escravos cristãos comprados para servirem de acompanhantes para seus donos: homens jovens de boa aparência a serem empregados como pajens e mulheres jovens para servirem de concubinas.

A terceira classe compreendia todos os cativos ricos ou com alguma habilidade particular. Estes cativos eram geralmente comprados para especulação, com grandes somas sendo pagas por eles na expectativa de que o resgate deles em breve proporcionaria um retorno ainda maior. Mercadores judeus e italianos em Argel faziam empréstimos, com referências apropriadas, aos cativos para que eles pagassem seus próprios resgates, e o débito seria pago no devido tempo em seus próprios países de origem. Este era um ramo de negócios muito procurado, porque significava bons lucros e um rápido retorno para todos. Um cativo habilidoso era um investimento em longo prazo. Era comum o comprador adiantar fundos suficientes para comprar ferramentas de seu ofício e montar uma oficina. Essa quantia era então somada ao valor do resgate, e o cativo assim ficava livre para seguir com seu negócio. Ele era obrigado a pagar a seu dono uma mensalidade que representava os juros do capital investido, o resto era para seu próprio sustento e para poupar. Quando ele poupava o suficiente para pagar o resgate e pagar o empréstimo que seu dono lhe fizera, mais os encargos do resgate, ele estava livre para voltar para casa. Alguns cativos desta categoria tinham apenas habilidades mercantis. Um irlandês, cativo em Argel não muito tempo depois do episódio de Baltimore, descreveu como um cativo inglês vasculhou as ruas de Argel procurando por um trabalho que lhe permitisse manter sua esposa e filho consigo. Depois de um início difícil, este homem se tornou um próspero mercador.

A quarta categoria de cativos era a dos que eram comprados como tributo a Alá. Isto se aplicava exclusivamente a garotos.

Vários cidadãos ricos de Argel compravam garotos cristãos no mercado a fim de levá-los para casa e instruí-los na fé muçulmana para a glória de Alá. Depois de superarem o obstáculo da circuncisão, estes jovens convertidos parecem ter se adaptado bem a seu novo meio. Da mesma forma, a maioria das jovens cristãs que conseguia ir parar nos haréns de lares de Argel ricos o suficiente para terem escravos, parece ter se adaptado sem muito drama. Relatos da época indicam que uma concubina em Argel raramente era maltratada e, como a maioria dos trabalhos domésticos era feito pelas escravas negras, a vida ali devia ser muito mais fácil para uma mulher do que havia sido no longínquo oeste de Cork. O clima certamente era mais seco, e as casas mais fortes e mais convenientes.

Na pasta de documentos do grande Conde de Cork, conservada na sala de documentos da Chatsworth House, há um relatório de seis páginas sobre o ataque a Baltimore, escrito em Dublin em fevereiro do ano seguinte (1632). Esse relatório coloca a culpa pelo ataque a Baltimore firmemente sobre os ombros do Capitão Hooke do Fifth Whelp[66] e de Sir Thomas Button. O documento diz ainda que, a despeito do fato do governo ter, desde então, pago três mil seiscentas e quarenta e nove libras, três xelins e cinco pences, nenhum dos dois Whelps estavam sendo de muita serventia. A tripulação do Fifth Whelp era muito desordeira, e havia matado um tenente e ferido vários soldados em um tumulto. O Conde diz que Hackett foi a julgamento a seu comando. Ele também alega que soube, indiretamente de um cativo fugido, que os turcos planejavam outro ataque no verão seguinte em escala muito maior, e que boatos desse ataque poderiam afugentar os pescadores de sardinha dos mares e os colonos ingleses da costa. O Conde calcula que os pesqueiros levavam o equivalente a algo em torno de vinte e quinze mil libras em moedas francesas

66 Navio de frota auxiliar de vasos de guerra criada no reino de Carlos I.

e holandesas para o país todo ano, e que seria um bom investimento enviar mais navios de guerra para defender a costa da Irlanda. Afirma que os colonos ingleses de Baltimore concordariam em contribuir pesadamente com a construção de um forte ou blocausse se o rei lhes desse alguns canhões e os protegesse das exigências de Sir Walter Coppinger. Ele insinua que Sir Walter poderia ser convencido a deixar os colonos em paz.

"Não podemos nesta ocasião deixar de contar a vossas senhorias os infortúnios pelos quais estes pobres cativos ingleses que foram levados de Baltimore passam em Argel, como as cartas mandadas de lá podem sugerir, e aqui humildemente as ofereço para a apreciação de vossas senhorias. Suplicando... que tenham a bondade de dar alguma ordem... por meio da qual o cônsul inglês agora alojado em Argel possa usar de seus melhores meios para libertá-los. Dentre muitos que sofreram tal acidente, há um certo William Gunter, que foi o que sofreu a maior perda, por ter tido a esposa e os sete filhos levados pelos turcos. Ele não vai ser dissuadido de ir até aí para solicitar a vossas senhorias que encontrem alguma solução para sua dor..."

Como é frustrante que nenhuma das cartas destes cativos tenha chegado até nós!

Em 20 de junho de 1632, pouca coisa parece ter mudado em Baltimore. É razoável supor que algumas das casas junto à angra teriam sido restauradas e tido seus telhados refeitos. Outras teriam sido deixadas vazias e sem telhado para se desintegrarem na brisa úmida do mar. Agora, no entanto, havia soldados aquartelados em Dún na Séad, o forte que o Conselho de Munster obrigara Sir Walter Coppinger a entregar para as tropas. Corriam boatos de que os argelinos iriam voltar naquele ano. O Fifth Whelp fora enviado para se juntar ao Ninth Whelp em Briston para uma reforma completa. Sinalizadores haviam sido instalados nos topos de todos os morros proeminentes ao longo da costa. A homens confiáveis tinham dado a tarefa de acender os sinalizadores, mas apenas quando os navios de guerra argelinos tivessem sido vistos indo em direção a terra. Pequenas tropas de cavalaria foram alocadas em pontos estratégicos no interior, prontas para se mover com rapidez para qualquer ponto da costa onde houvesse perigo.

Então, de um jeito ou de outro, Sir Walter havia perdido até o forte Dún na Séad, que tivera o propósito de compensá-lo por ter sido tapeado e expulso de Baltimore. Por que Sir Walter foi tratado tão mal? Quais eram as suspeitas dos ingleses a respeito de seu papel no que acontecera em Baltimore? Quanto a Hackett, foi enforcado – não dois anos mais tarde, como dizem alguns, mas logo, assim que possível. Em 1844, Thomas Davis, poeta nacionalista irlandês, compôs uma balada sobre o saque a Baltimore, na qual está implícito que Hackett traiu a Irlanda:

Tis two long years since sunk the town beneath that bloody band, And all around its trampled hearths a larger concourse stand, Where, high upon a gallows tree, a yelling wretch is seen –
"Tis Hackett of Dungarvan – he who steered the Algerine! He fell amid a sullen shout, with scarce a passing prayer, For he had slain the kith and kin of many a hundred there, Some muttered of MacMurchadh, who brought the Norman o 'er
Some cursed him with Iscariot, that day in Baltimore.[67]

---

67 Faz dois anos desde que a cidade sucumbiu àquele bando sanguinário, e ao redor de suas lareiras pisoteadas, há um grande espaço aberto, onde, numa forca, vê-se um miserável urrando – É Hackett de Dungarvan – ele que guiou os argelinos! Ele caiu em meio a um grito sombrio, quase sem quem orasse por ele, pois ele matou amigos e parentes de centenas deles, de MacMurchadh, que con-

A piada aqui é que Hacket traiu não a Irlanda, mas sim a Inglaterra. Ele foi executado pelos ingleses por ter traído os interesses ingleses na Irlanda. Por padrões modernos, Hackett foi um patriota irlandês, e Murad Rais pode ser comparado com aqueles alemães recrutados por Roger Casement em 1916 (que no entanto nunca apareceram, deixando o Levante da Páscoa fracassar por si mesmo): – Murad era um partidário mouro da Causa Irlandesa.

Resumindo o resto da estória dos cativos:

- Nenhum dinheiro foi mandado para o resgate deles da Inglaterra, já que a posição oficial era que o sucesso só encorajaria os corsários a tentarem de novo. "Não negociamos com terroristas", como diríamos hoje.
- O cônsul James Frizell passou por maus bocados em Argel. Há indicações de que sua posição financeira desesperadora o forçou a tomar medidas indignas. Um cativo inglês escreveu para a esposa em 1632 aconselhando-a a enviar o dinheiro do resgate para Livorno. Ele a advertiu que de forma alguma enviasse o dinheiro para os corretores judeus do cônsul Frizell, porque aquelas pessoas tinham como segurar o dinheiro do resgate até que o escravo para quem ele havia sido enviado morresse, e depois disso ninguém mais ouvia falar do dinheiro.
- Até 1633, apenas uma cativa havia sido resgatada, e por um misterioso personagem de nome Job Frog Martino, de Lugano. Todos os outros, de acordo com o cônsul Frizell, haviam morrido ou virado turcos.
- Na lista fornecida pelos juízes e pelo Conselho Irlandês junto ao Conselho Privado, que foi reproduzida no *Calendar of State Papers* referentes à Irlanda em 10 de julho de 1631, es-

---

venceu os normandos, reclamaram alguns, alguns xingaram-no de Iscariotes, naquele dia em Baltimore.

tão listados onze garotos, e também várias crianças. Como as crianças não deviam ser todas do mesmo sexo, parece razoável pressupor que o termo "garotos" usado nesta lista signifique crianças do sexo masculino com idade suficiente para serem separados de suas mães. "Garotos" desta idade interessavam demais aos devotos muçulmanos, e é provável que os onze listados tivessem sido convencidos pelos argelinos a abraçarem o Islã. Todos os relatos deixados pelos cristãos cativos em Argel, desde aquele escrito por Cervantes no século XVI até os últimos dias da Regência no início do século XIX, insistem que esforços enérgicos eram feitos para converter garotos cativos à fé muçulmana. A maioria destas conversões era efetuada por meio de gentileza, porque os turcos e Renegados pareciam sentir muito prazer com os modos alegres de seus jovens convertidos. Mas também há relatos constrangedores de uso da força quando os garotos resistiam a serem convertidos.

Levando em conta várias conversões e algumas vendas para outras partes do norte da África e para o Levante, ainda parece que um número substancial de cativos deve ter morrido nos primeiros dois anos e meio de cativeiro. No entanto, os cativos de Baltimore tiveram sorte, porque a peste, que visitava ameaçadora e regularmente a costa do Norte da África, não era registrada em Argel desde 1624. Mesmo assim, varíola, cólera, febre tifóide, tifo e sarampo cobravam sempre seu tributo por lá, enquanto algumas das crianças muito pequenas podem ter sucumbido a novas variedades de disenteria.

Uma crescente convicção de que haviam sido esquecidos pelas autoridades e por suas famílias deve ter convencido muitos a dar de ombros e arriscar sua sorte no novo estado no qual haviam sido introduzidos de modo tão brutal. Poderia muito bem ser que as pessoas de Baltimore, vendo como os islandeses se estabeleceram em Argel, tivessem decidido que havia algo de bom na costa do Mediterrâneo em contraste com as costas varridas pelo vento do Atlântico Norte.

Depois da Revolução, Cromwell decidiu resgatar todos os cativos ingleses em Argel, e enviou Edmund Carson para que providenciasse sua libertação.

> A lista compilada por Edmund Cason em 1645 contém apenas uma das pessoas capturadas em Baltimore em 1631. Consta que o nome dela era Joan Broadbrook e embora ela esteja nos registros, ainda é uma figura misteriosa. Entre as pessoas que constam como tendo sido levadas de Baltimore no documento enviado para o Conselho Privado em Whitehall em julho de 1631, estão Stephen Broadbrook, esposa e duas crianças. Joan Broadbrook, de acordo com isto, poderia ter sido esposa ou filha de Stephen. Nenhuma outra pessoa de Baltimore está na lista de quem foi resgatado por Edmund Cason. Cento e cinco pessoas haviam desaparecido sem deixar vestígios. Consta que uma mulher resgatou a si mesma em 1634, mas dos outros não sabemos coisa alguma. Não há coisa alguma nos registros que mostre se algum deles chegou a voltar para Baltimore.

Pouco tempo depois de voltar da Irlanda, Murad Rais teve a tremenda má sorte – pela primeira vez na vida – de ser levado como prisioneiro pelos Cavaleiros de Malta. Nosso velho amigo Père Dan estava em Argel quando a notícia de sua desgraça chegou. "Certo dia, eu vi na rua mais de cem mulheres correndo desordenadamente para consolar a esposa daquele renegado e corsário" [Murad Reis]; "o que fizeram competindo umas com as outras em grandes demonstrações de aflição e pesar, não sem derramarem lágrimas, reais ou fingidas, como é o costume em ocasiões assim desafortunadas e fatais".

Em 1640 – ninguém sabe como – Murad Reis levou a cabo sua libertação ou fuga dos terríveis Cavaleiros da "religião", e reapareceu nos locais de sempre. Voltou para o Marrocos, onde o sultão foi levado a nomeá-lo governador da fortaleza de Oualidia perto da cidade costeira de Safi, não muito longe dos velhos territórios de caça de Salé. Como diz Coindreau, foi uma espécie de "aposentadoria de luxo" para o pirata que estava envelhecendo.

> Em 30 de dezembro (Coindreau diz 24) daquele ano, um navio holandês chegou a Salé [na verdade, em Safi], onde Jansz era Governador do castelo. O navio trazia um novo cônsul holandês, que levava com ele, como uma agradável surpresa para o pirata, sua filha Lysbeth, agora uma jovem muito atraente.
>
> O encontro enterneceu a todos que o viram. Jansz "estava sentado com grande pompa sobre um tapete, com almofadas de seda e criados ao seu redor." Quando pai e filha se encontraram, "ambos começaram a chorar e, tendo parado por algum tempo, despediram-se e se retiraram à maneira da realeza." Lysbeth depois disso foi ficar com seu pai até agosto seguinte em seu castelo em Maladia, a algumas milhas para o interior, "mas a opinião geral a bordo era que ela já estava cheia das pessoas e do país". De qualquer forma, ela voltou para a Holanda e não ouvimos mais falar dela. Presume-se que tenha se casado com um holandês digno que não tinha coisa alguma a ver com o mar ou com o Marrocos.
>
> Como Jansz morreu, ninguém sabe. O único indício que temos, sinistro, está em sua biografia feita pelo Diretor de Oostzaan, cuja frase final é "Acabou muito mal" (Gosse, *apud* Coindreau, 1948, p. 57-8).

Naturalmente que, como pirata, Murad tinha que "acabar mal". Mas o piedoso biógrafo aqui não pode nem apelar para a peste (como no caso do capitão Ward) para invocar alguma morte terrível e exemplar para Jan Jansz. Que eu saiba, ele morreu dormindo em sua cama – talvez até nas boas graças de Alá.

O CALENDÁRIO CORSÁRIO

Neste trabalho temos usado os termos *corsário* e *pirata* como se fossem sinônimos, mas isto não é bem correto. No sentido estrito, um pirata é um criminoso marítimo, enquanto que um corsário atua como *mercenário* a quem um governo concede "carta de corso" ou comissão para atacar a frota de outro país. Um mercenário só é um criminoso do ponto de vista dos navios que ele ataca. De seu próprio ponto de vista, ele está cometendo um legítimo ato de guerra. No caso dos corsários, a situação é complicada pelo conceito de guerra religiosa que transcende interesses nacionais. Argel, Túnis e Trípoli comissionavam mercenários em nome da *Sublime Porta*, que esperava que os corsários honrassem todos os tratados otomanos e não atacassem navios de nações que estivessem em paz com a Turquia. Várias vezes foram feitas tentativas de disciplinar os corsários que não respeitavam esta regra. Ainda que as tentativas fossem desenxabidas e geralmente malsucedidas, os corsários – sob a perspectiva deles – estavam simplesmente obedecendo a um poder maior, às demandas do *jihad* permanente. Brown cita historiadores marroquinos para demonstrar a base ideológica dos atos de Salé:

> Em um capítulo intitulado "*The Fleet of the Holy War or the Slawi Piracy*" (*ustul al-jihad aw al-qarsana as-salawiya*),[68] Muhammad Hajji salienta que a pirataria, o *qarsana* árabe, não deve ser entendida em termos de derivações estrangeiras de seu sentido original em latim, ou seja, o francês *course*. "Mais exatamente", escreve ele,

68 A Frota da Guerra Santa ou a Pirataria de Salé (N.T.)

> "por corsários de Salé eu me refiro àqueles guerreiros (*mujahidins*), andaluzes e marroquinos, que com ousadia embarcavam em seus navios por sobre as ondas do oceano para defender o território da terra natal ou para se insurgir contra os espanhóis que impunham sobre os muçulmanos de al-Andalus o pior tipo de sofrimento, e injustamente faziam- nos abandonar seus lares e suas posses."
>
> Assim, para o povo de Salé, lutar e pilhar em alto mar ou nas costas da Europa era justificado como sendo uma continuação tanto das guerras santas das dinastias anteriores quanto da defesa da costa por gente como al-Ayyashi. Os corsários, "homens de caráter nobre e orgulhoso", tinham as bênçãos dos santos de Salé e se integravam na comunidade da cidade. No entanto, isto não nega o fato de que pelo menos alguns piratas eram Renegados e que o propósito original da ida deles para Salé era participar da riqueza geral que a "guerra santa" proporcionava. "Olhe no baú da família Hassar e você encontrará um velho boné de marinheiro cristão. A origem *uluj* [escravo cristão] da família Fenish não está mais oculta do que o azul de seus olhos", são comentários debochados que ainda são ouvidos em Salé quando as pessoas falam a respeito das antigas famílias de Renegados da cidade. Embora houvesse *aslamis* (coloquial, convertidos ao Islã) em Salé, suas origens não eram um obstáculo à total assimilação às normas e valores da comunidade, nem a que alcançassem posições de poder na sociedade. As pressões para que se integrassem social e culturalmente em Salé transformaram estes piratas Renegados em guerreiros em nome da religião" (Brown, 1971, p. 53).

Salé-Rabat, é claro, nada devia a qualquer governo externo na primeira metade do século XVII, mas comissionava corsários em nome da República. E a República consistia – mais ou menos – dos próprios corsários. Argel, Túnis e Trípoli têm sido chamados de "estados corsários", mas na verdade apenas Salé faz jus à definição.

A maneira mais fácil de compreender a diferença entre um pirata e um mercenário é examinar os diferentes modos como eles dividiam o butim. Capitães piratas frequentemente ficavam com apenas uma parte e meia ou duas partes, os oficiais do navio com uma parte e meia ou uma parte e um quarto, os tripulantes com uma parte e os não combatentes (garotos e músicos!) com metade ou três quartos. Em comparação, um capitão mercenário geralmente ficava com quarenta partes, em contraste com a única parte dos membros da tripulação. É claro que uma parte em uma viagem bem sucedida de um mercenário podia valer muito mais do que o salário na Marinha Mercante – ou o recrutamento compulsório sem salário em qualquer Marinha – mas o contraste com o igualitarismo pirata é muito marcante. Os piratas em estado puro se aproximavam muito do comunismo. Peritos que os vêem simplesmente como protocapitalistas estão cometendo um grande engano. Os piratas não se encaixam na definição marxista de "banditismo social" (isto é, revolucionário primitivo") porque não têm contexto "social", sociedade de camponeses, para o qual sirvam de elementos focais de resistência. Marxistas como Hobsbawm nunca incluem os piratas entre seus aplaudidos "precursores" do verdadeiro radicalismo porque eles vêem os piratas – na melhor das hipóteses – como *indivíduos* envolvidos com a resistência, e este envolvimento apenas como uma forma de auto-engrandecimento e acumulação primitiva. Eles se esquecem que *grupos* de piratas formavam suas próprias esferas sociais, e que os "governos" destes grupos (conforme expressos nos "estatutos" dos navios) eram tanto anarquistas, por permitirem o máximo de liberdade individual, quanto comunistas, na medida em que eliminavam a hierarquia econômica. A organização social dos piratas não tem paralelo em nenhum dos *estados* dos séculos XV ao XVIII – *exceto Rabat-Salé*. A República do Bou Regreg não era uma utopia pirata pura, mas sim um estado baseado em princípios piratas. Na verdade, foi o único estado já baseado nestes princípios[69].

Novamente, um exame da divisão dos despojos nos dará um preciso insight estrutural da sociedade corsária. Nos estados otomanos da Barbária:

> O sistema de divisão dos lucros de uma viagem é instrutivo. Nos anos 1630, em Argel, o paxá ficava com doze por cento, em Túnis, dez por cento. Os consertos do quebra-mar, um por cento; o marabu, um por cento. Dos oitenta e oito ou oitenta e seis por cento restantes, a metade ia para os donos dos navios, e a outra metade para a tripulação e os soldados. Da segunda metade, o *reis* recebia de dez a doze partes. O agá, três partes, o piloto, três partes; o navegador, três, o mestre da cabotagem, três, o mestre de escotilha, duas, o cirurgião, três, os marinheiros, duas. Se houvesse mouros a bordo, recebiam apenas uma parte "porque são gente com quem não se conta muito". Se alguma destas pessoas fosse escrava, o patrão recebia a parte dela, e às vezes dava uma parte dessa parte ao escravo. O relato de Dan da divisão corresponde aproximadamente ao dos outros informantes. (Wolfe, 1979, p. 144. O marabu é o sufi ou guardião do santuário que abençoa os navios e reza pelo sucesso deles.)

Vemos que donos de navio recebiam metade dos lucros depois de descontados os "impostos", mas em muitos casos o capitão tinha seus próprios navios. Mesmo assim, esta prática certamente parece protocapitalista. Por outro lado, o capitão enquanto

69 A menos que fosse a infame República de Fiume, de G. d'Anunzio, que financiou sua breve existência por meio da pirataria, e tinha uma constituição baseada na idéia de música como a única força de organização social. (Veja Philippe Julien, tradução, *D'Annunzio)*.

capitão (e não como dono) recebia apenas de dez a doze vezes o valor que o tripulante que recebia menos, enquanto que os capitães mercenários europeus recebiam quarenta vezes mais. Isso parece indicar uma abordagem um tanto igualitária.

Os dados relativos a Salé são um pouco difíceis de interpretar. De acordo com Coindreau, o método costumeiro de dividir os despojos na República Moura era o seguinte:

> - dez por cento para a autoridade central (o Divã de Salé);
> - metade do resto para o armador [*l'ármateur*] (ou para o *rais)* como indenização pelo dano sofrido na viagem;
> - a outra metade – quarenta e cinco por cento do butim total – para a tripulação do navio. Oficiais, piloto, artilheiro-chefe e cirurgião geralmente recebiam três partes, enquanto que o mestre de manobras, o calafate e os artilheiros – duas partes (Coindreau, 1948, p. 64).

Quem não arrisca, não petisca, como todos os piratas concordavam – mas, mesmo no caso de uma viagem infrutífera, a tripulação não era cobrada pelos suprimentos.

Isto não nos diz o que o capitão recebia se ele *não* fosse o dono/armador do navio, mas apenas tivesse sido comissionado diretamente pelo Divã (que tinha seus próprios navios) ou por algum grupo de acionistas ou donos de navios. Presumindo que o capitão era o dono e abastecia seu navio, ele recebia quarenta e cinco por cento, mais ou menos o mesmo que um capitão mercenário europeu. Se não, provavelmente ganhava algo em torno de dez a doze por cento do que os capitães argelinos ganhavam. Capitães que eram donos de muitos navios podiam ficar riquíssimos, como no caso de Murad Reis, o renegado holandês que ascendeu à liderança da República.

Rabat-Salé claramente não foi organizada como um investimento de risco autenticamente pirata – mas também não foi organizada como uma monarquia europeia ou islâmica. A grande diferença entre Argel e Salé era que o "imposto" ia para Istambul no primeiro caso, mas no segundo *ficava em Salé*. Era usado para beneficiar os corsários (reparar muralhas, financiar expedições etc) em vez de engordar algum sultão distante. As guerras de Salé contra os saadianios, o marabu al-Ayyashi, a dinastia alauita etc, todas se deram por causa dos dez por cento, que era tanto o símbolo quanto o preço da independência dos corsários. Salé não era nem tão anárquica nem tão comunista quanto "Libertatia" (veja abaixo) ou outras utopias piratas – mas o era muito mais do que qualquer país europeu. Seu governador-comandante e seu divã eram eleitos e podiam ser depostos todo ano se não fossem capazes de representar os interesses do povo. Qualquer um que fosse capaz de embarcar em uma viagem tinha a chance de ficar rico. Até "prisioneiros de guerra" podiam conquistar a liberdade e riquezas como Renegados. Quanto aos piratas profissionais que se juntavam à República, novamente vemos que embora eles perdessem a autêntica autonomia da verdadeira pirataria, ganhavam um lar, uma sociedade, uma fonte de patrocínio, um mercado e um lugar onde *usufruir* de sua riqueza – tudo que um pirata não tinha e a maioria desejava. Valia a pena ter um corte nos ganhos para conseguir tudo isso, obviamente.

A foz do rio Bou Regreg, que servia de ancoradouro para Rabat-Salé, era protegida por um traiçoeiro banco de areia que impedia que navios inimigos e navios de guerra europeus com suas quilhas profundas chegassem perto do litoral o suficiente para um bombardeio efetivo – mas esta característica também limitava os corsários em alguns aspectos. Em primeiro lugar, seus navios – mesmo os "navios arredondados" – tinham que ser pequenos e de pequeno calado, o que tornava difíceis as viagens longas. Ao fugirem para o porto ao serem perseguidos, podiam ficar detidos pela maré baixa e ser capturados em frente de casa, como ocorreu em várias tristes ocasiões. Mas o que quer que os navios de Salé não tivessem – lugar para armazenar provisões, por exemplo, ou tonelagem suficiente para suportarem muitos canhões pesados – eles compensavam em termos de velocidade e maneabilidade, e do conhecimento profundo da arte de navegar de seus capitães. Além disso, navegadores muçulmanos estavam familiarizados com (e até inventaram) dispositivos científicos como o astrolábio, e não dependiam mais de cálculo de posição sem uso de observações astronômicas ou da tática de navegar acompanhando a costa. Oficiais e tripulações se viravam com muito poucas provisões e acomodações muito desconfortáveis. Assim, a área de atividade dos corsários era maior do que se poderia esperar. O ataque à Islândia foi uma exceção, mas até o Canal da Mancha era arriscado (um *Salee Rover* foi uma vez capturado no estuário do Tâmisa).

No século XVII, o inverno ainda era a baixa estação para as frotas mercantes, os corsários e até os grandes navios. Os corsários seguiam um padrão sazonal e passavam pelo menos três ou quatro meses por ano em casa, em Salé, cuidando de assuntos políticos ou amorosos, da vida de casado ou de devassidão, mexendo os pauzinhos, consertando e construindo navios – ou talvez até praticando o sufismo – de acordo com seus hábitos e necessidades.

Quando a primavera chegava, geralmente em maio, o corsário procurava colocação na frota, que provavelmente consistia (no período que estudamos) de uns quarenta ou sessenta pequenos navios dos tipos descritos por Coindreau:

Caravela

Tartana

Polaca

Chebec

Senau

Cerca de metade da frota ia para o norte, provavelmente para a lucrativa zona de caça ao largo da península ibérica, e a outra metade ia para o sul, na direção das Canárias e Açores, onde ficava de tocaia esperando por navios desgarrados das imensas flotilhas de Espanha e Portugal que voltavam do Novo Mundo com carregamentos de ouro. Para os propósitos de uma viagem comum, dois ou três navios ficavam juntos. Caso uma presa fosse capturada, um dos navios podia ser destacado para escoltá-la de volta para Salé, enquanto o resto continuava a singrar os mares à procura de outras. Cada navio tinha provisões restritas de *boucan*[70] e cuscuz para talvez no máximo dois meses. Se os navios precisassem de novas provisões ou de reparos, po-

70 Na Hispaniola (ilha das Antilhas que hoje compreende a república Dominicana e o Haiti), os bucaneiros eram caçadores que preparavam *boucan* ou defumavam carne para o abastecimento de navios.

diam parar em qualquer uma das várias cidades costeiras do Marrocos (ao menos nos períodos em que elas não estavam sob o domínio de potências europeias) como Tetuan, Mamora, Fedala, Azemmour ou Safi. Às vezes parte da frota atravessava o estreito de Gibraltar e atacava as frotas e até as costas mediterrâneas da Espanha e da França – mas em geral isso era considerado território de caça de Argel, Túnis e Trípoli. Entretanto, os outros corsários dos estados da Barbária raramente, se é que o faziam, iam até o Atlântico como os *Salee Rovers*. Em 1625, eles levaram cativos de Plymouth, Inglaterra. Em 1626, cinco navios foram capturados ao largo da costa do País de Gales. Em 1627, chegaram à Islândia e saquearam Reykjavik, onde o butim foi reduzido, mas as cativas louras sem dúvida fizeram sucesso nos mercados de escravos. Grande parte da atividade se concentrava nas águas entre a Inglaterra e a Irlanda, e presumimos que os corsários usavam alguns dos distantes portos sem lei dos contrabandistas no sul e no oeste da Irlanda como ancoradouros amistosos. Nos baixios da Terra Nova, a frota de Salé capturou mais de quarenta barcos de pesca num espaço de dois anos, e em 1624 cerca de uma dúzia de barcos de Salé apareceu nas costas de Acádia ou Nova Escócia. Quando a frota inglesa chegou a Salé em 1637, o propósito era resgatar pescadores pobres de barcos ingleses capturados nas costas da Terra Nova.

Não devemos imaginar o *Salee Rover* típico – ou na verdade qualquer pirata sensato – como desejando ardentemente a violência, ou mesmo como particularmente cruel. O Conde de Castries colocou da seguinte forma: "Mais do que arriscar a glória do combate, eles preferiam a presa desarmada e pacífica." (Coindreau, 1948, p. 133) É clichê em história dizer que o século XVII foi "cruel", ou na verdade que *qualquer* século antes dos séculos XIX e XX foi "cruel". Depois que se elimina o chauvinismo euro-americano modernista destas observações, o que sobra é uma diferença de percepção entre o "ontem" e o "hoje".

A era moderna conseguiu reprimir a consciência de sua própria crueldade por meio da mediação entre o ato e a percepção do ato, por meio da tecnologia. Nós evocamos e nos deleitamos com *imagens* de violência de um modo que pareceria totalmente diabólico para o mais malvado facínora da República do Bou Regreg, e causamos morte e destruição exatamente do mesmo modo abstrato e alienado: apertando um botão. No século XVII, a despeito dos avanços da artilharia, a maioria das lutas de vida ou morte tinha que ser decidida em combate corpo-a-corpo, usando uma tecnologia que não era muito mais avançada do que a da Idade do Bronze (um ingênuo viajante europeu, William Lemprière, foi convencido por um "informante nativo" brincalhão em Salé de que a tática principal dos corsários era arremessar *pedras* em outros navios – e isto pareceu a ele bem razoável, se bem que um tanto primitivo.) (Lemprière, 1791) Alguns piratas, como Low e Blackbeard, parecem ter sido sádicos em um sentido muito preciso e clínico do termo, e sem dúvida Salé atraía tipos como estes. Mas a verdade é que o combate é *perigoso*, e dá *muito trabalho*. Os corsários estavam interessados em butim, não em "glória" (como um francês poderia presumir) ou "virilidade" (como um inglês poderia supor); não se importavam em serem considerados "covardes e fanfarrões", contanto que *ganhassem*. E, portanto, eles primeiro recorreram à trapaça e à dissimulação, e só sacavam suas espingardas de pederneira e cimitarras em último caso. A pirataria pode ser vista como um caso extremo da lei do menor esforço: cinco ou seis meses de vagabundagem nos cafés mouros, depois um cruzeiro de verão num lindo oceano azul, umas poucas horas de esforço, e pronto! Outro ano de ociosidade acaba de ser financiado. Se os piratas não fossem preguiçosos, seriam sapateiros, mineradores de chumbo ou pescadores – mas, como os gângsteres nos filmes antigos, eles achavam que "o trabalho é para os trouxas", e usavam de todo tipo de expediente para evitá-lo. Como Père

Dan disse: "Os corsários não perseguem um mercador cristão se não se acreditarem mais fortes. Porque se não estiverem em vantagem de muitos para uns poucos, ou de uma grande frota para uma pequena, eles raramente atacam – porque é verdade que estes infames piratas são desprezíveis covardes em seus corações e nunca dão combate sem estarem em grande vantagem" (Coindreau, 1948, p. 134).

Evidente que todo navio corsário levava uma boa coleção de bandeiras e galhardetes de todas as nações, e primeiro tentava se passar por inglês para um navio inglês ou espanhol para um navio espanhol. A bandeira deles, o Homem na Lua, era sem dúvida raramente vista.[71] O truque de trocar de bandeiras com corsários argelinos já foi descrito.

Henry Mainwaring, em suas memórias, relata que os *Salee Rovers* arriavam todas as velas na aurora e mandavam um vigia subir no mastro para perscrutar o horizonte à procura de uma possível presa – assim que avistada, a vítima em potencial era examinada detalhadamente e discutida: navio mercante ou de guerra? Grande demais para ser capturado ou pequeno demais para se darem ao trabalho? Que estratégia adotar, que bandeira desfraldar etc. (Coindreau, 1948. p. 137).

Tendo se decidido pela perseguição e a ação, os corsários tinham a esperança de que uns poucos tiros de canhão causariam uma disposição racional no capitão inimigo (sobretudo se o navio tivesse seguro!) e uma rendição imediata. Se não, eles

---

71 A bandeira de Salé, utilizando um crescente islâmico, mas acrescentando a imagem da face humana, parece simbolizar o credo dos Renegados com precisão heráldica. Faz-nos lembrar da lenda que diz que os templários adoravam a cabeça de Baphomet e que a cabeça do mouro é um símbolo da alquimia rosa-cruz; é interessante notar que alguns fundamentalistas cristãos modernos consideram o homem na lua uma invenção satânica.

tinham que abordar. "É terrível", diz Père Dan, "ver com que fúria eles atacam um navio. Vão em bando para o convés de popa com as mangas arregaçadas até os cotovelos e cimitarras nas mãos, fazendo todos juntos uma algazarra ensurdecedora para fazer minguar a coragem de suas vítimas." A esperança era que o show de ameaças e a gritaria enlouquecida dessem resultado – o verdadeiro combate era o último recurso e a tática menos preferida de todas.

Levasse ou não em um navio moedas ou carga de valor, sua tripulação e os passageiros eram uma fonte garantida de renda.[72] Na lei islâmica, "prisioneiros de guerra (santa)" não eram considerados da mesma categoria que "escravos", mas sob certos aspectos a posição deles era pior. Afinal, os escravos tinham direitos claros de acordo com a lei, mas os cativos não passavam de butim humano. Que Salé tenha financiado sua liberdade exigindo resgate e vendendo seres humanos naturalmente empana aquela liberdade aos nossos olhos, mas devíamos hesitar em empregar nossos juízos modernos apenas a Salé. Os Cavaleiros de Malta praticavam exatamente a mesma economia, mas não gozavam de quaisquer liberdades protodemocráticas – e a Marinha Britânica "alistava" recrutas relutantes e os condenava a uma virtual escravidão. De qualquer forma, já que os mari-

---

72 "Só de 1618 a 1626, 6.000 cristãos foram capturados e resgatados e presas capturadas no valor de mais de quinze milhões de libras. Em dez anos, de 1629 a 1639, a alfândega mourisca registrou um total de 25 ou 26 milhões de ducados." [Caillé, 1949, p. 224] Em 1626, foi feita uma petição ao Duque de Buckingham pelas "viúvas aflitas de quase 2000 marinheiros pobres que ainda eram cativos em Salee, na Barbária." Estes pobres maridos estavam "sofrendo tais indizíveis misérias e torturas que são quase que forçados a abandonarem sua religião cristã."[Norris, 1990, p. 66] O preço de evitar que 2.000 almas virassem turcas podia ser alto demais até para um duque.

nheiros marroquinos haviam desistido de usar as galés a remo, poucos de seus cativos sofriam o mesmo destino que milhares de milhares de pessoas (como Miguel de Cervantes, ou o precoce anarquista americano William Harris, de Rhode Island) (veja Wilson, 1992) que definharam como "escravos de galé" em navios argelinos – ou, por falar nisso, em navios malteses ou espanhóis.

> Aquele que é condenado à galé primeiro tem o rosto, as sobrancelhas e a cabeça raspadas (pois desgraça maior não pode suceder a um cristão). Então, despidos até a cintura (como quando os vagabundos vão ser açoitados), são acorrentados aos assentos onde eles se sentam para remar, cinco em cada fileira. Um turco fica sobre uma larga tábua no meio deles e, embora os olhos deles estejam quase saltando de tanta força que fazem, grita: "Trabalhem, trabalhem seus animais cristãos", e embora nenhum precise ser açoitado por vadiagem, mesmo assim suas costas nuas sangram e se cobrem de vergões de "*The Lamentable Cries of Prisioners in Algiers under the Turkes*" (Os gritos de lamento dos prisioneiros dos turcos em Argel) (1624) (em Norris, 1990, p. 66).

Defoe descreve a vida de cativo de Robinson Crusoe em Salé em termos mais realísticos do que os fanáticos angariadores de fundos, que percorriam a Europa doutrinando as plateias com histórias de torturas exóticas e estupros, e de quem frequentemente se suspeitava – mesmo então – estarem fazendo "imprensa marrom". Salé não tinha grandes extensões de terras cultiváveis onde pudessem empregar seus escravos, como na América, nem indústrias onde empregar mão de obra escrava não especializada. Os cativos eram primordialmente *mercadoria* e, como sempre acontece com mercadorias, a regra era: se você quebrar, você paga por ela. Ninguém paga resgate por defunto.

Assim, a primeira tarefa do corsário, que tinha início imediatamente após capturar uma presa, era determinar as identidades, ou pelo menos as qualidades, de seus cativos. Renegados que falavam a língua deles os interrogavam, fazendo uso de astúcia em vez de tortura, para trazer detalhes à tona. Os corsários desenvolveram um fascínio por *mãos*: as mãos suaves de um aristocrata ou mercador, mãos calejadas de um mero marinheiro, sinais peculiares e deformações características de certas ocupações e ofícios, as manchas de tinta indicadoras de instrução, e até as linhas da quiromancia para determinar a saúde, o destino e a personalidade. A certos cativos pobres demais para serem resgatados mas possuidores de habilidades valiosas era oferecida a liberdade, se virassem turcos – armeiros, metalúrgicos, construtores de navios eram altamente apreciados, e um homem instruído podia aspirar ao posto de amanuense marítimo (um para cada tripulação, para ler os manifestos e diários de bordo dos navios capturados), ou mesmo a um emprego de escrevente no Divã, ou com algum mercador ou cônsul.

Um jovem irlandês de Galway, Richard Joyce (ou Joyes), emigrando para as Índias Ocidentais em 1675, foi capturado por corsários argelinos e mantido cativo em Argel por quatorze anos. Assim que ele chegou,

> foi comprado por um turco rico que exercia a profissão de ourives e que, ao observar que seu escravo... era afável e hábil, instruiu-o em seu ofício, no qual ele rapidamente se tornou um perito. O mouro, assim que soube da libertação dele [isto é, Joyce havia sido resgatado], ofereceu-lhe, caso ele fosse ficar, sua única filha em casamento, e com ela metade de seu patrimônio, mas Joyce rejeitou tudo isso e mais outras propostas tentadoras e vantajosas. Ao voltar para Galway, casou-se e exerceu a profissão de ourives com considerável sucesso, e, tendo conseguido uma significativa inde-

pendência, pôde comprar a propriedade de Rahoon do Coronel Whaley, um dos velhos oficiais de Cromwell (J. Hardiman, 1820).

O segredo do sucesso de Joyce, de acordo com a lenda de Galway, foi um anel que ele fez em Argel baseado em símbolos mouros, um coração coroado (às vezes com uma rosa) sustentado por duas mãos – o famoso Anel Claddagh, símbolo de amor e amizade, quase tão "irlandês" quanto o trevo.[73]

Joyce não foi o único cativo da Barbária que acabou devendo sua fortuna a algum ofício exercido ou mesmo aprendido no cativeiro.[74]

Um dos raros relatos de primeira mão de Salé foi escrito por um cativo francês, Germaine Mouette, "capturado no mar em 16 de dezembro de 1670, vendido em Salé no Dia de Todos os Santos pela soma de 360 *écus*[75]

> Seus donos eram em número de quatro, dentre os quais um efetivamente mantinha-o como escravo. Os outros três eram donos, cada um, de um sexto de Mouette, já que foram direto para o *fondouk* [ou *bagno*, alojamento dos escravos] para onde ele havia sido levado assim que vendido [isto é, os outros três compraram subcotas do primeiro dono]. O mais velho era Muhammad al-Marrakchi, funcionário do governo. O segundo, Mohammad Liebus, era mercador de lã e azeite, e o terceiro, o rabino Yamin, era judeu. Muhammad al-Marrakchi levou o escravo para casa, onde sua esposa deu a Mouette pão branco, manteiga com mel

---

73 Trevo *shamrock*, variedade de trevo, emblema nacional da Irlanda

74 Para esta e outras lendas fascinantes (por exemplo, o primeiro anel Claddagh foi largado sobre o colo de uma jovem por uma águia!), veja a deliciosa história diletante escrita por Cecil Joyce, descendente de Richard Joyce, *Claddagh Ring Story*, 1990.

75 Antiga moeda francesa (N.E.)

e umas poucas tâmaras e passas de Damasco. Foi depois levado de volta para o *fondouk*, onde recebeu a visita do judeu, que o cumprimentou cerimoniosamente e prometeu-lhe sua liberdade se sua família pagasse o resgate exigido pelos quatro donos. Se ele não escrevesse imediatamente uma carta para a França para pedir essa soma de dinheiro, ele seria espancado com varas e abandonado em um poço para morrer. Mouette aquiesceu de imediato, mas decidiu mentir e fingir não passar de um irmão de um sapateiro – então o renegado que estava servindo de tradutor para o judeu declarou que não se poderia esperar lucro com a venda daquele escravo. No dia seguinte, Mouette foi levado até seu terceiro dono, o mercador de lã e azeite, cuja esposa e sogra se apiedaram do cativo. A princípio puseram-no para moer trigo, mas quando isto se revelou cansativo demais, fizeram dele acompanhante do filhinho do mercador. Quando a boa esposa viu que o menino havia ficado ligado a Mouette, ela o regalou com mais pão e manteiga, mel e frutas, e mandou tirarem das pernas dele a corrente de 11 quilos que o haviam obrigado a usar. Ela implorou que ele virasse renegado e se casasse com a sobrinha dela. [Mouette conseguiu se livrar desta situação cumulando a mulher "das mais doces e tocantes palavras do mundo", e acabou ficando mais nas graças da mulher do que antes.]

Mouette lá ficou por um ano sem sofrer demais graças à sua suposta pobreza. Mas finalmente o quarto dono, agora governador da Casbah, perdeu a paciência. Reclamou seus direitos sobre Mouette e levou-o para trabalhar em seu estábulo. O escravo ficou então reduzido a pão preto e a dividir o alojamento apertado e barulhento com outros cativos e árabes pobres. O governador renovou sua exigência de um resgate de mil *écus*, mas Mouette ainda insistia em sua pobreza, e então foi mandado para trabalhar com pedreiros que estavam fazendo os reparos do castelo. Os outros trabalhadores trataram-no mal e espancaram-no com crueldade – desta forma finalmente inspirando-o a levantar o di-

> nheiro do resgate e, assim, conseguir sua liberdade (Penz, 1944, p. 13-14).

Comparada com as horríveis histórias de cativeiro que os frades trinitários e outros propagandistas contavam, a história de *Sieur* Mouette parece autêntica: evidente que o destino do cativo não foi nenhuma festa, mas teve seus altos e baixos, e até suas possibilidades de salvação ou fuga. Assim, relatos como a lenda de Richard Joyce parecem dignos de crédito, e desse modo podemos compreender como podia parecer *sedutora* a possibilidade de conversão ao Islã para cativos como Joyce e Mouette. E aquelas "sobrinhas" mouras, minha nossa! Aquelas mulheres orientais com sua (quase) irresistível magia de amor!

Bem sucedidos ou não "no cômputo geral", no final de outubro todo *Sally Rover* estava de volta ao porto, os navios no canal (entre os muros da Velha Salé e o rio, e bem protegidos), os corsários em seus alojamentos de inverno, que variavam em suntuosidade sem dúvida de palácios suburbanos a sórdidos quartos alugados vizinhos à rue des Consuls, na barulhenta zona mourisca de Rabat. Quanto à cidade, quem já visitou o Marrocos pode facilmente imaginá-la, já que a estrutura do espaço urbano do século XVII (ou, já que estamos falando nisso, a do século X) ainda subsiste em todas as velhas vilas e até nas cidades. Salé, ao contrário de Rabat, resistiu à modernização, e ainda apresenta o mesmo padrão básico de sinuosas vielas estreitas espremidas entre paredes sem janelas, bazares, mesquitas, balneários, casas de chá sombrias, bebedouros públicos de ladrilhos azuis e brancos – com todo o tráfego consistindo de pedestres e burros – cheirando a temperos, lenha e imundícies – e cortadas pelo frio vento salgado vindo do oceano.

Rabat, ou "Nova Salé", foi construída em sua maior parte pelos mouriscos andaluzes, que utilizaram um ordenamento em rede para as ruas, muito diferentes das vielas sinuosas de outras cidades marroquinas. A arquitetura doméstica exibia influência andaluza. A cidade existia em mais de um nível, com misteriosos túneis subterrâneos escavados abaixo da superfície, alguns deles se irradiando da "Torre dos Piratas", ou passando sob o famoso "Café Mourisco", ou sob a "Escada do Demônio". A cidade ficava encerrada dentro de muros defensivos, e a Casbah, que se agigantava sobre tudo, mais lembrava um castelo medieval – e era precisamente isso o que era.

A casa mourisca não se modificou e ainda é construída hoje na Espanha e no norte da África (pelas pessoas sensatas ou pobres o suficiente para preferirem o estilo vernáculo tradicional a concreto e metal laminado), e o modelo foi transportado até para o México e a Califórnia – o mesmo adobe e caiação, as mesmas pesadas portas de madeira ornamentadas e postigos esculpidos, as mesmas paredes grossas encerrando um bloco de dois ou três pavimentos de cômodos que dão para um jardim interno com árvores frutíferas, árvores que dão sombra, ciprestes, roseiras, ervas aromáticas, um chafariz ladrilhado, talvez um pavilhão forrado de tapetes e almofadas onde se podia jantar *al fresco* ou fumar um narguilé com café ou chá de menta. Um pirata que "tivesse se casado com a sobrinha" ou ficado rico com o *corso* podia muito bem apreciar uma casa destas, e talvez marinheiros solteiros com recursos pudessem se juntar para alugar uma delas. Em 1630, Murad Reis e outros notáveis do reino deram as boas vindas a uma missão diplomática francesa e a recepcionaram na Casbah, em um cômodo "decorado apenas com tapetes", onde se sentaram ou reclinaram em coxins ou "escabelos de damasco vermelho". Um secretário tomava notas em uma mesa da altura, no máximo, do cotovelo dele". A típica decoração moura era assim descrita pelo escrivão da missão diplomática, um padre capuchinho. Em 1642, outros religiosos franceses em missão de resgate de cativos foram recebidos pelo "Príncipe" Abdullah, que deu audiência "sentado sobre uma pele de carneiro, entre dois cavaletes cobertos com um alpendre de pinheiro: era seu trono e dossel (*ibid.* 235).[76]

---

76 A simplicidade islâmica deve ter parecido para os europeus mal agradecidos e de mente barroca como uma espécie de pobreza. Nosso conhecido, o viajante escocês William Lithgow, descreve a indumentária usada em Fez nesse período, acrescentando alguns comentários picantes: As pessoas dos dois tipos se vestem com culotes compridos e tornozelos nus, com sapatos vermelhos ou amarelos com saltos de ferro e nos dedos um chifre branco; e usam no corpo túnicas debruadas, e coletes de seda de muitas cores; o comportamento das pessoas comuns é muito mais polido para com os estrangeiros do que em Constantinopla ou em qualquer outra parte de toda a Turquia. As mulheres aqui saem sem máscara e usam na cabeça mantos amplos e arredondados, feitos de palha ou pequenos juncos, para proteger seus rostos do sol; e são muito libidinosas, e estão prontas para satisfazer a luxúria de seus aldeões; e também não são mantidas com tanto rigor quanto as mulheres turcas, e vão aonde querem. Há uns doze mil bordéis legais nesta cidade, e as cortesãs são mantidas asseadas e são semanalmente examinadas por médicos; mas o pior de tudo é que no verão são licenciados abertamente três mil bordéis de garotos sodomitas. E, além disso, eu vi, no meio do dia, em pleno mercado, os mouros sodomizando estes sujos, e sem vergonha e nem castigo irem embora. Os cidadãos aqui são muito modestos e zelosos em seus serviços religiosos, mas grandes dançarinos e festeiros em seus festivais solenes, quanto têm a farra do boi, mascaradas, recitais de versos e procissões de padres. Aqui em Fez há muitos poetas que fazem músicas sobre vários temas, especialmente sobre o amor e sobre amantes, de quem eles dão os nomes abertamente em seus poemas, sem censura ou vergonha; e estes poetas, uma vez por ano, no dia do aniversário de Maomé, fazem poemas em sua honra. Na tarde do dia daquele festival todos os poetas se reúnem na praça do mercado, onde há uma cadeira preparada para eles, e nela eles se sentam um depois do outro para recitar seus poemas em frente ao povo; e quem for julgado o melhor, é visto o ano todo como acima de todos

No inverno, a dieta do corsário era muito melhor do que suas provisões de bordo, com *tajines* temperados de carne e fruta servidos com cuscuz ou arroz, pão de trigo com manteiga e mel, leite e iogurte, empadão de galinha com açúcar e goma-arábica, carneiros inteiros assados recheados com tâmaras e arroz de açafrão, doces grudentos e chá de hortelã adocicado. Para os de pouca fé havia bons vinhos das Canárias e do Porto, madeira, xerez, xerez branco seco e *eau-de-vie* (aguardente) – os corsários reservavam todas as melhores safras para si, ou pelo menos é o que diziam.

Se os Renegados se divertiam, talvez o mesmo não se possa dizer de certos outros habitantes do bairro de exilados de Rabat, os mercadores-cônsules das várias potências europeias mais ou menos amistosas. É difícil compreender porque alguns destes cônsules do tipo Graham Greene ficavam, ano após ano, em um lugar tão obviamente estranho a todos os seus valores. Gaspard de Rastin, um vice-cônsul francês cuja casa foi saqueada em 1637 por uma turba enquanto ele definhava na prisão (tendo sido preso por excesso de zelo no caso de uns cativos franceses), nunca recebeu qualquer compensação de Salé nem da França e ao fim, "vendo que nada conseguiria com a Corte a não ser esperanças vãs, morreu de desapontamento em 1643" (Cailé, 1949, p. 238). Um cônsul holandês, David de Vries, passou por coisas muito piores e, no entanto, continuou a voltar. Chegou

---

os outros e ganha o epíteto de "Príncipe dos Poetas", e é recompensado pelo vice-regente e pela cidade. E aqui uma observação: quisera Deus que fosse hoje o costume de nossos príncipes europeus fazer o mesmo, e especialmente o desta ilha; pois então as inteligências mais audazes e os intelectos mais espertos estudariam e buscariam mostrar a primorosa engenhosidade de seus melhores estilos e invenções fecundas, que hoje estão eclipsadas e asfixiadas porque hoje em dia não há respeito nem retribuição para com excelentes homens de letras como estes (Citado em *Sources Inèdites*, 1935, p. 494-498).

em Salé pela primeira vez vindo do Brasil como cativo em 1650, e foi resgatado por um valor assombroso. Em 1651, estava de volta a Rabat como cônsul, e desta vez foi recepcionado formalmente por sufis da Dala'iyya que estavam então governando a cidade. Mas de Vries logo começou a cumprir seu papel de "o mais maltratado de todos os cônsules europeus" (*ibid.*, p. 240). Irritados com a captura de um navio de Salé pela Holanda, uma turba cercou sua casa entoando "Morte ao cônsul! Matem-no!" O historiador francês Caillé observa que este tipo de atitude por parte de uma turba pode ser interpretada como indício de uma "vida pública... e o papel do povo na política... de uma forma de governo democrática e republicana" (*ibid.*, p. 250). Em 1654, de Vries foi atacado novamente, jogado escada abaixo, e arrastado ao *Matamore*, uma prisão em forma de silo, enquanto sua casa era totalmente saqueada. Depois de quatro noites no buraco fétido, ele foi solto, mas "vigiado" por quatro mouros que, além disso, exigiam receber um "salário" de 30 *rials* por noite! "Aqui não há ordem nem justiça", reclamou ele; e em outra carta para casa ele se queixou da vida dura "nesta terra bárbara, onde não se pode encontrar qualquer divertimento" (*ibid.*, p. 237). E, mesmo assim, de Vries foi ficando indefinidamente, e morreu ainda em atividade, em 1662.

A maioria dos visitantes odiava Salé: "domicílio de vilões, antro de ladrões, lar de piratas, ponto de encontro de Renegados, matadouro de crueldade bárbara e barbárie selvagem, perdição e vergonha para frotas mercantes e mercadorias, e uma miserável masmorra sombria para cativos cristãos pobres" (*Sources inèdites*, 1935, p. 376). Mas, por várias razões estranhas, alguns europeus na verdade gostavam de Salé.

Uma das melhores descrições da República Corsária foi escrita por John Harrison, um inglês do tipo "Agente 007" e um precursor dos românticos espiões Islâmófilos posteriores, como Sir Richard Burton, T. E. Lawrence ou Gertrude Bell. Graças a Harrison, a Inglaterra foi a primeira nação europeia a manter relações diplomáticas com a República do Bou Regreg. Em 1627, os contatos de Harrison em "Sallie" passaram-lhe uma informação insidiosa – ou desinformação:

> Os mouriscos agora governando também Sallie mandaram me dizer que se eu quisesse ir fazer um tratado com eles, eles acabariam com o governo tirano de Mully Sidans, que tem capturado tantos dos súditos de Vossa Majestade e causado a perda de seus navios, bens e vidas, e se colocariam totalmente sob a proteção de Vossa Majestade, como seus súditos. Então, para prestar um serviço a Vossa Majestade, eu fiz uma temerária viagem por terra de Tetuan para Sallie disfarçado em hábitos mouriscos (o país representa perigo para viajantes estrangeiros, pois está em revoltas e não reconhece rei algum), porque eu soube que os espanhóis esperavam que eu fosse traído pelos *alerbies*, que vendem os pais por dinheiro. Assim, cruzando as altas montanhas e morros perto de Fez para evitar estes perigos, e a maior parte do trajeto a pé, de pernas nuas e como um peregrino, entretanto ainda assim, chegando às planícies e o caminho ficando perto de Alcazer, eu sabia que corria grande perigo de ter sido traído, avaliado em mil ducados e de ser levado para Mamora ou Allerach. Mas Deus quis que eu encontrasse dois honestos morábitos ou santos, que são muito respeitados naquele país (de onde o Santo de Mismooda veio me ver aqui em Sallie), e dois honestos xeques, que também comandam seus castelos ou tribos, e eles me levaram de um para o outro, parte de dia, parte de noite, livre de todo perigo, até eu chegar a Sallie e encontrar o grande Santo Siddie Hamet Liniashi, que reinava sobre todos: e os quais ofereceram seus serviços a Vossa Majestade para a conquista de Mamora, Allerach ou qualquer outro lugar dominado pelos espanhóis na costa da Barbária, já que preferem que fiquem nas mãos de Vossa Majestade em respeito à

> antiga amizade, comércio e negócios, que sempre existiram entre a Inglaterra e os mouros (*Sources Inèdites*, p. 31-2).

Depois desta aventura, Harrison encontra Jan Janz (Murat Reis), que lhe dá um punhado de cativos ingleses como gesto de boa vontade.

Harrison então volta para a Inglaterra para resgatar vários cativos mouriscos da escravidão na Europa (lembrando ao Rei em seu relatório secreto que a escravidão é proibida pela lei de Deus, remetendo Sua Majestade a Êxodo 21!), e volta para Salé com oito deles. Quando ele chegou,

> Os capitães do castelo enviaram um de seus grandes botes com ordens para meu desembarque, o que eu fiz, apesar do banco de areia. Bem recebido por eles e por todos os andaluzes, bem acomodado, com casa, provisões e todas as outras necessidades, tanto para mim quanto para meus acompanhantes, às custas deles. E um alcaide com cinco outros andaluzes foram designados para me proteger por medo de alguma perfídia ou intriga de Mully Sidan, que antes havia enviado um de seus principais alcaides até lá, um renegado espanhol chamado Agib, sob pretexto de cobrar a dívida que devia ter sido paga ao alcaide anterior, mas na verdade, como depois descobriram, para negociar secretamente com mouros e *lerbies* vizinhos para surpreenderem o Castelo. Como isso não aconteceu, depois de eu ser desembarcado, e artilharia e outras provisões, não sem grande perigo e dificuldade por causa do banco de areia, Mully Sidan escreveu uma carta imperiosa aos capitães do castelo ordenando, sob pretexto da aliança entre eles, que me enviasse a ele. Eles responderam que eu viera em paz e sob ordens louváveis de Vossa Majestade para redimir seus súditos cativos e negociar a paz, e portanto não iam fazer o que ele queria, por mais tempo que eu ficasse, e quando eu quisesse eu poderia ir em paz. Após o que imediatamente mandaram o

> alcaide embora, e não muito longe da cidade ele foi assaltado e morto pelos *lerbies*, e assim ele próprio foi traído como tinha tido a intenção de trair. E em um dia ou dois depois disso, todos os cavaleiros da cidade, uma centena dos mais importantes e melhores, levaram-me a uma caçada ao javali, tratando-me com grande respeito, e assim de vez em quando tenho sido tratado por eles, que expressam mais e mais uma grande afeição por Vossa Majestade, e não apenas em palavras como também em atos, de imediato libertando todos os súditos de Vossa Majestade de acordo com suas promessas anteriores (*id.*, p. 39-40).

Com entretenimento tão prazeroso, não é de espantar que Harrison tenha ficado entusiasmado com seus novos amigos, os mouriscos andaluzes de Salé. Ele defende a causa deles perante o rei inglês, comparando a difícil situação deles (banimento em massa da Espanha) com a diáspora bíblica, ou os troianos depois da queda de Tróia.

> Embora hoje não haja religião cristã entre eles, e aquela imagem de Deus tenha sido apagada pelo maometismo, e matem a quem professe o cristianismo, uma grande parte deles está aturdida entre a religião romana idólatra na qual nasceram e o maometismo sob o qual agora padecem, por não saberem em quê acreditar. No entanto, há uma grande afeição e propensão por nossa nação e religião, até por parte dos próprios mouros, muitos deles, o que sem dúvida é obra de Deus, que guia o coração de todos os homens (*ibid.*, p. 42).

Harrison tomou-se de amores especialmente por al-Ayyashi, o "santo" sufi de Salé:

> E por duas vezes eu fui até ele, e em ambas as vezes aconteceu de chover enquanto eu estava em sua presença, o que foi visto por

> alguns mouros como um bom sinal de que eu levava boa sorte a eles, já que o orvalho é muito desejado naquele país quente e seco. Isso fez com que ele me levasse pela primeira vez à sua cela ou local de devoção, onde cristão algum jamais estivera, porque esses santos não costumam suportar que os cristãos passem por suas portas por considerarem que assim seus santuários estarão sendo profanados (*ibid.*, p. 44).

De acordo com Harrison, o novo regime em Salé deseja plena cooperação com a Inglaterra para levarem a cabo a libertação dos cativos:

> Eles libertaram todos os súditos de Vossa Majestade que foram vendidos e comprados como escravos durante o governo de Mully Sidans, e pagaram grandes somas de dinheiro para os donos deles. E mais: sob este tratado libertaram vários garotos forçados a virarem mouros, a maioria circuncidada e alguns outros que viraram por fraqueza, e de vontade própria prometeram que vão mandá-los embora, mas sub-repticiamente, por medo dos mouros que já começam a objetar e por causa disto estão com raiva deles, dizendo que no fundo são cristãos todos aqueles andaluzes, e não mouros verdadeiros. E não estão estes em termos que merecem ser tratados ademais tão bem quanto Argel, que nunca até agora, que eu saiba, ou qualquer outro lugar sob o domínio turco, concordou com tais condições, ou seja, libertar os cristãos circuncidados e que viraram turcos ao invés de queimá-los (esta é a lei deles) se eles voltarem atrás. Alguns dos mais importantes deles me puxaram para um lado e me disseram às claras que não ousaram fazer o que poderiam, mas têm que fazer as coisas gradualmente, pouco a pouco (*ibid.*, p. 52-53).

Harrison – o Simbad britânico – fez sete viagens a Salé e, lamento dizer, afundou-se em dívidas perseguindo seu sonho: a conversão dos mouriscos ao protestantismo e uma aliança plena com a Inglaterra. Ele ficou não apenas desapontado como acabou processando o governo inglês por salários atrasados não pagos. Tendo falhado nisso, mesmo assim fez sua sétima e última viagem. Pelo visto, ele havia sido mordido pelo mosquito da obsessão.

Durante sua última estadia longa em Salé, Harrison se envolveu profundamente com a política local – na verdade, ele chegou a tempo da rixa hornacheros-mouriscos de 1629:

> Ao chegar a Sallie, no dia 29, encontrei tudo em revolta. O castelo e o *raval* ou cidade em guerra civil um contra o outro. O Castelo havia sido reconstruído pelos hornacheros não muito tempo depois de terem sido banidos da Espanha, e agora pertencia a eles, e a cidade fora reconstruída pelos andaluzes (geralmente chamados de mouriscos), que depois disso afluíram para lá vindos de todas as partes, tanto da Turquia quanto da Barbária, onde, depois do banimento, eles se dispersaram como os judeus. Os andaluzes da cidade, sendo em maior número, reivindicavam um quinhão e uma parte iguais aos do Castelo, tanto no governo quanto na alfândega e nas outras vantagens e privilégios, alegando que o pessoal do Castelo havia mandado chamá-los para que fossem lá morar. E que já que eles assumiram uma parte proporcional à deles em todos os encargos públicos, exigiam que cinquenta autoridades do Castelo fossem morar com eles na cidade, e que cinquenta da cidade fossem para o Castelo, e terem um alcaide ou governador próprio na cidade, o que o pessoal do Castelo, por serem os primeiros donos, não queria permitir. Pelo contrário, pensavam em submeter a cidade, já que tinham todo o material bélico com o qual sem parar atacavam a cidade, mas sem muitos danos, já que as casas tinham paredes de barro, cal e argila. O tiro apenas atravessava, sem destruir. E a cidade tinha apenas uma arma pequena, que também causava pouco dano, com a qual ati-

rar nos barcos que iam e vinham do Castelo para a cidade velha (Velha Salé) do outro lado do rio, rio este que o pessoal do Castelo tinha que cruzar para obter suprimentos e fazer negócios, e para onde enviara antes todos os seus cavalos e onde mantinha vários cavaleiros a quem pagava, e que frequentemente atacavam de um vau rio acima, e danificava a cidade, roubando o gado e outras provisões. E neste estado, como antes, eu os encontrei, em rebeliões e guerra civil como haviam estado não fazia muito tempo, mas que agora recomeçavam.

Tendo sido avisados de minha chegada pelas cartas de Vossa Majestade, tanto o Castelo quanto a cidade pareciam muito contentes, e assim se expressaram, o Castelo dando tiros com suas melhores armas quando eu desembarquei, e a cidade não disparando por medo de ferir a mim e a meus companheiros, embora costumassem atirar em todos os barcos. Os governadores e o chefe do Castelo foram até a margem para me receberem e depois me levaram à *Duana* deles, onde receberam as cartas de Vossa Majestade com grande respeito, e depois me levaram para meus alojamentos, bem mobiliados e supridos, e minha comida habitual também e todas as outras despesas pagas durante o período de minha estada. Enquanto isso, chegaram três navios dos Estados Gerais dos Países Baixos com os comissários mencionados antes, que em breve desceram a terra levando consigo um agente enviado antes de Sallie para os Países Baixos. Depois de ficar uns cinco dias, eles voltaram para o navio e seguiram para Safi.

Atracado entre dois inimigos, embora ambos amigos e cheios de boa vontade para com Vossa Majestade e seus súditos, veio-me à mente (parcialmente expresso por alguns dos chefes tanto do Castelo quanto da cidade, favoráveis à paz comum, e em geral cansados das guerras civis) escrever uma carta ao grande Santo Sydie Hamet Lyashi (já que todos os santos deles professam serem reconciliadores) que fizesse com que ele viesse fazer uma recon-

> ciliação. Mas, como ele estava muito longe de Tânger, no Estreito de Gibraltar, em seu *almahalla* contra os espanhóis, de quem ele é um inimigo mortal e contra quem está sempre agindo, e também não é amigo de Sallie, antes que uma resposta dele chegasse, chegou o Capitão John [Murad Reis] de Túnis, Comandante de Sallie, trazendo com ele outro santo, o Santo de Shelley, vizinha próxima de Salé, que havia estado em Meca em peregrinação para visitar o túmulo de Maomé, e em companhia de vários outros mouros. Com a ajuda dele, depois de sua chegada tão oportuna, no Ramadã, logo uma paz foi firmada. Concordaram que a cidade teria um alcaide de sua escolha, mas que ele moraria no Castelo, e escolheria oito pessoas a mais para serem reunidas com aquelas oito do Castelo para formar a *Duana*, ou Conselho de Estado, dezesseis no total, oito pela cidade e oito pelo castelo, mas tanto estes oito quanto os alcaides teriam seus assentos no castelo, e que todos participariam da mesma forma, tanto no governo quanto das outras prerrogativas, como um corpo político. Esta na verdade foi a ordem daquele santo. Os dois lados juraram de antemão cumprir, e se algum dos lados rompesse o acordo, ele ameaçou se tornar o pior inimigo deles e chamar os *larbees*, ou pessoal do campo, para que os pilhassem, o que ele facilmente poderia fazer, estando tão perto, e eles viram as chances de suas desavenças civis recomeçarem, pois foi assim que nações muito maiores foram destruídas e ainda podem sê-lo, pois a verdade seja dita: "uma cidade ou reino dividido contra si mesmo não pode ficar de pé", como eu contei a eles sobre Salé, e eu espero que eles façam uso disso (*ibid.*, p. 105-106).

Harrison passa o tempo agradavelmente em Salé negociando em prol de interesses franceses e britânicos e brigando com outros aventureiros europeus (a quem ele acusa de descrentes). Ele continua a se preocupar com o problema dos Renegados:

> Mas o temor é que possam abusar de suas comissões e virar piratas, e ingleses possam ir para o mar em seus navios, os navios de Sallie, e trabalhar para eles e virar Renegados. Assim Vossa Majestade perderia súditos, e Deus, muitas almas, o que eu submeto a considerações posteriores para que seja restringido por éditos severos, o que é de se desejar (embora eu tenha sido usado e nesta questão possa parecer amigo de Sallie, "magis amica patria" a honra do meu país e o bem em geral da cristandade estão mais próximos de mim e me são mais caros). Não obstante eu ter sido o instrumento para aquele acordo de paz que tinha o propósito de resgatar os súditos de Vossa Majestade do cativeiro (o que fiz desta vez também para os franceses), todavia agora que, tanto um quanto o outro, todos os cativos ingleses e franceses estão livres, eu gostaria que Vossa Majestade e o irmão francês unissem suas forças para acabar com todos os navios que pertencem àquele lugar, e com Argel também, para impedir tanto este quanto outros transtornos, ou melhor, indignidades. Que lástima! É deplorável que tantos cristãos dia após dia tenham seus navios capturados e sejam transformados em escravos, e um grande número forçado a renunciar à sua fé, virar turco e renegado. E isto pode ser facilmente corrigido, se aprouver a Vossa Majestade levar em consideração os motivos em anexo (*ibid.*, p. 114).

Em seu relatório final, escrito em 1631, Harrison perdeu um pouco de seu entusiasmo inicial com os "santos":

> Em um ano ou dois surgiu do Saara, ou deserto em frente à Guiné, um *levantado* ou rebelde, um dos morabitos ou santos (como eles os chamam), que em geral são necromantes, mas fingem grande santidade e austeridade. Alguns fazem jejum todo dia o ano todo, mas, no entanto, à noite, enquanto puderem ver uma estrela, podem tanto comer quanto beber: e assim todos os mouros são obrigados por sua lei a uma vez por ano observar o Ra-

madã, da mesma natureza que a nossa Quaresma, durante todo um ciclo da lua, mas os tipos mais rigorosos destes santos fazem isto por um ano inteiro, e até ano após ano, por toda a vida, desta forma conquistando para si (como o clero papista) a boa opinião das pessoas simples e sendo reverenciados como pequenos Papas ou então semideuses. E as pessoas simples ficam achando que eles sabem de tudo e podem fazer o que quiserem, e por este motivo também lhes têm grande temor. Este santo em especial, mais que todos os outros (chamado por um apelido, Bumhalli, mas o nome certo é Hamet), foi o que mais fez uso da credulidade das pessoas simples, fingindo e fazendo com que acreditassem que ele era um enviado de Deus para reformar todo o país mal governado por Muley Sidan (*ibid.*, p. 141).

Mas até então Harrison não havia perdido suas crenças românticas. Ele ainda está tentando convencer o Rei que os mouriscos estavam prontos para a conversão para o cristianismo ou o anglicismo, ou ambos:

> Especialmente os mouriscos se encheram de alegria, já que acreditavam em uma antiga profecia que, segundo me contaram, seus ancestrais encontraram escrita em Monte Santo, perto de Granada, e que previa o desterro deles da Espanha para a Barbária, mas mais tarde seriam levados de volta, e ainda por cima em navios cristãos. E então, ouvindo falar dos grandes preparativos da nossa frota inglesa, eles pensaram que finalmente a profecia se cumpriria. Assim, muniram-se de biscoitos, armas, pólvora e outros artigos necessários, prontos para partir, esperando apenas pela chegada da grande Armada (como eles a chamavam) para transportá-los. Mas aquele grande desígnio não aconteceu tal que respondesse a tão grande expectativa, e a oportunidade se perdeu. Os espanhóis, antes acovardados, agora triunfantes, disseram para os mouros (segundo eles me contaram) que não havia mais Drakes

> na Inglaterra, só covardes. E enquanto isso, Sir Albertus Morton morreu, e eu fiquei igualmente morto e esquecido, abandonado lá, desamparado e carente tanto de navio quanto de outros meios que me haviam prometido enviar para me tirar de lá. Desse modo me vi forçado a fazer uma temerária viagem por terra de Tetuan para Sallie, arriscando tanto minha vida quanto minha liberdade, já que os espanhóis da costa sabiam da minha ocupação e da minha viagem por terem armado ciladas entre os povos bárbaros para me pegarem. Estes bárbaros por dinheiro venderão os pais e os filhos, e o fizeram, como me informaram: mil ducados foram oferecidos (como fiquei sabendo) para me levarem para *Allarach* ou qualquer outra das guarnições deles (*idem*, p. 145-6).

Um Lawrence da Arábia de vanguarda, Harrison acaba "se empenhando para conseguir dez mil destes mouriscos para servirem a Sua Majestade!"

Quanto ao notório mau comportamento dos corsários – beber muito, frequentar prostíbulos, farrear e criar tumultos – obviamente nem o patife mais arruaceiro conseguiria ficar nessa o tempo todo do outono até a primavera. Aos poucos, os europeus e em especial os Renegados entravam no ritmo de vida dos mouros – uma rotina diária, fosse trabalhar ou tomar parte de atividades sociais nos cafés, interrompida por casamentos, funerais, circuncisões, festivais, apresentações públicas de ordens de dervixes e, é claro, a ocasional erupção de hostilidades entre Salé e Rabat. Um renegado podia começar a se interessar por religião por tédio, se por nenhum outro motivo – afinal, a cultura local era totalmente mesclada e saturada de espiritualidade, e deve ter sido difícil evitá-la. Se o nosso renegado houvesse aprendido um pouco de árabe, ou se casado com alguém de uma família mourisca que falasse espanhol, podia aprender muita coisa simplesmente por observação e por ficar ouvindo. Alguns talvez até se envolvessem em algum nível.

Figuras públicas proeminentes como al-Ayyashi e M. al-Hajj da Dala'iyya, representavam um aspecto muitíssimo ortodoxo e no entanto profundamente místico do Islã, o que poderíamos chamar de sufismo clássico urbano-erudito do Norte da África. A teosofia e até a gnose de escritores importantes como o sufi andaluz Ibn Arabi do século XIII, estavam contidas dentro de uma estrutura de prática ortodoxa estritamente sunita e de austera piedade e ascese. As ordens eram organizadas com muita precisão e com gradações rígidas de nível, que iam do todo-poderoso carismático xeque ou *murshid* (comparável ao guru hindu) ao mais humilde e obediente discípulo ou *murid*. Meditação, retiro, invocação e repetição de litanias nas *majalis* ou reuniões da ordem compunham a prática espiritual, em conjunto com as práticas religiosas costumeiras de orar, jejuar, dar esmolas, etc. O tremendo prestígio de alguns xeques se manifestava como poder político. Parece muito pouco provável que alguma dessas ordens tivessem apelado para, ou tivesse se disposto a admitir um renegado, mas não é impossível. Na verdade, um documento fascinante que pretensamente explica o cativeiro de São Vicente de Paulo insinua que um cativo e um mouro cultos poderiam partilhar de um fascínio pelo misticismo. Estudos recentes classificaram este texto entre os pseudo-epígrafos. Mas, por sorte, Gosse, em sua elegante e interessante *History of the Pirates*, ainda acreditava na autenticidade do texto e citou-o na íntegra. Pode não ser verdade, mas é importantíssimo porque *se acreditava* que fosse – porque era *crível*. (Este mesmo argumento será usado em relação ao relato talvez apócrifo de Defoe da *Libertatia* do Capitão Mission.) A passagem relevante é:

> Fui vendido para um pescador, e por ele para um velho alquimista, homem muito gentil e humilde. Este último me contou que havia devotado cinquenta anos à procura da Pedra Filosofal. Meu dever era manter a temperatura de dez ou doze fornos, ser-

viço este em que eu, graças a Deus, encontrei mais prazer do que aflição. Meu mestre tinha grande afeição por mim, e gostava de discorrer sobre a alquimia e ainda mais sobre sua doutrina, para a qual ele fez o que pôde para me atrair, com a promessa de riqueza e de todos os segredos de sua ciência. Deus manteve minha fé na libertação que viria a ser a resposta às minhas constantes preces a Ele e à Virgem Maria (a cuja intercessão se deve minha libertação, por certo).

Um personagem idêntico ao alquimista mourisco foi descrito por Holmyard em seu clássico *Alchemy*, em que um capítulo é devotado à amizade de Holmyard com um adepto marroquino do século XX. Uma pessoa destas *por definição* pertenceria a uma das ordens sufis clássicas. Se "São Vicente" tivesse virado turco, ele poderia ter ido parar numa fraternidade como a Shadhiliyya, onde esses mistérios ocultos às vezes são ensinados.

Observe outra vez, no texto sobre São Vicente, a aura de *sedução* que paira em torno da imagem da conversão: "...promessa de riqueza... todos os segredos de sua ciência..." – e a "grande afeição" que o mouro sente por Vicente. Isso quase parece um tropo obrigatório da "narrativa de cativeiro" enquanto gênero literário, e eu sustentaria que ilustra minha tese da "sombra positiva" do Islã embutida secretamente no discurso europeu de intolerância religiosa e racial. Aqui temos o equivalente intelectual daquelas "sobrinhas mouriscas". Esses textos estão prenhes de anseios não expressos, de tom bem erótico, de abraçar o inimigo de toda a cristandade. Lembram as outras "narrativas de cativeiro" escritas por mulheres e crianças da Nova Inglaterra que haviam sido levadas por índios. Nem todas queriam voltar para a civilização, e muitas resistiram ativamente a serem recapturadas por maridos e pais puritanos. Estavam bem felizes – algumas – de "virar índias" e escapar do patriarcado puritano. Suas narrativas são igualmente impregnadas com um perfume de *sedução*.

Só um renegado incomum seria atraído para a alquimia ou o sufismo, mas o Islamismo marroquino conhece outras formas de misticismo, que poderiam ser chamados de rurais/não eruditas em contraste com a erudição urbana da Shadhiliyya. As "ordens marabúticas" foram discutidas em algum detalhe, geralmente por antropólogos em vez de estudiosos do sufismo, e não vou tentar explicá-las aqui (veja Geertz, 1968; Crapanzano, 1973). Uns poucos temas amplos devem ser esboçados, porém. Essas ordens populares costumavam se centrar em torno do túmulo de um santo e dos milagres que o acompanham – como a cura de doenças, mas também (como sabemos) a capacidade de aplacar tempestades marítimas e conseguir graças no *jihad*, questões da maior importância para um corsário. Algumas das ordens estão envolvidas em ritos de cura mais complexos que em geral dizem respeito à possessão por djins ou espíritos. Como na tarantela, os sintomas de possessão (paralisia, perturbação nervosa, histeria etc) só podem ser aliviados por música e dança. Cada djim (como cada tarântula no sul da Itália) tem sua própria cor, comida, incenso, ritmo e dança. Algumas ordens se dedicam a um djim específico, como Aisha Qandisha (que parece ser uma remanescente da deusa fenícia-cananéia Qadusha) ou o deus-bode Boujaloud, celebrado e propiciado pelos modernos Mestres Músicos de Jajouka,[77] e talvez (de acordo com Brion Gysin) um remanescente marroquino do próprio Pã (Gysin, 1964). O modo de entrar para uma ordem dessas em geral é ficar possuído, tal que se passa a depender de cerimônias da seita para se conseguir paz de espírito e saúde. Como nas religiões afro, a possessão tem um papel tanto positivo quanto negativo. A *experiência de cura* por meio da magia estabelece a "prova" existencial de uma visão mágica de mundo e, ao mesmo tempo, a natureza comunitária da experiência cria

---

77 Vilarejo no sopé das Montanhas Rif, no Norte do Marrocos (N.E.)

solidariedade de grupo e reforça a coesão social. Diferentemente das ordens clássicas sufi, os marabus e os cultos de cura são populares, públicos e bastante visíveis. Já que os marinheiros são na verdade notórios "supersticiosos", podemos presumir que nossos Renegados no mínimo se interessariam pelo aspecto folclórico-mágico das ordens.

Outro caminho popular para o misticismo no Marrocos é o caminho psicodélico do *kif*, haxixe, ópio, estramônio e outras plantas enteogênicas. Pelo menos uma ordem marroquina, a Heddawiyya, é totalmente devotada aos usos rituais, contemplativos e mágicos da maconha. O folclore marroquino conserva uma atmosfera de espontaneidade boêmia, intuição, devaneio, humor surreal, sagacidade e *baraka* (poder espiritual) em suas descrições dos usuários de *kif* (Bowles, 1962). E podemos imaginar como a experiência psicodélica teria sido devastadora para um europeu que só conhecia a mística dionisíaca do vinho. Os Renegados usavam maconha? Eu acho que tenho provas. Em uma gravura que mostra Renegados europeus se divertindo", de *Les Quatres Premiers Livres de Navigations Orientale* (1568), de N. de Nicolay, vemos três farristas vestidos meio de turcos meio de europeus, o que sugeriria um ambiente em Argel ou Túnis. Contudo, podemos extrapolar para o Marrocos. Não há garrafas de vinho à vista, e, no entanto, os corsários estão flanando em um estado de espírito folgazão. Um deles, com um chapéu de dervixe enfeitado com jasmins ou outra flor qualquer, está prestes a comer algo que parece ser um doce. O que mais poderia ser se não um *majoun*, a famosa mistura do Norte da África de haxixe, nozes, fruta, mel, manteiga etc, de que Baudelaire e seus companheiros fizeram uma imitação medíocre com suas gelatinas de menta?

Ao discutir a vida religiosa em Salé, devemos também observar o importante papel da comunidade judaica no século XVII. A população judaica original, que pode datar de períodos pré-islâmicos, chamada de "os colonos" (*Toshavim*), vivia em sua maioria na Velha Salé, no *Mella* ou bairro judeu perto da Escola Marinida de Medicina. Desde 1492, no entanto, as Cidades das Duas Margens haviam visto a chegada de toda uma nova população de imigrantes judeus, de *marranos* espanhóis (cristãos só no nome, como os mouriscos), de outros da península ibérica, chamados de "os exilados" (*mgurashim*), e um fluxo geral de mercadores judeus sefarditas e europeus. Com algumas exceções, Salé costumava receber os judeus com equanimidade, se não com hospitalidade – embora parecesse que os "colonos" não gostavam dos "exilados" por causa de seus hábitos estranhos e maior sofisticação, do mesmo modo que os antigos mouros da Velha Salé não gostavam dos mouriscos. Portanto é provável que a maioria dos recém-chegados tenha se estabelecido em Rabat. No final do século XVI, quatrocentas viúvas expulsas de Portugal chegaram a Salé e levaram com elas a arte de bordar com fios de prata e ouro. Mas a maioria dos judeus era de mercadores (como o rabino que era dono de um sexto de Sieur Mouette), alguns riquíssimos e muito poderosos – Brown menciona Amran bem Hayut, cuja lápide revela que ele era um ministro das finanças (Brown, 1971, p. 56).

Encontrei menção a apenas um *rais* corsário judeu, Sinan "o judeu de Smirna", que trabalhava para Argel e era suspeito de praticar magia por ser um perito em navegação (Gosse *apud* Coindreau, 1948, p. 132). De fato, os judeus, em toda a parte no mundo islâmico, e especialmente no Marrocos, gozavam (ou sofriam) da reputação de fazerem magia. Até os anos 1970, quando muitos judeus abandonaram o Marrocos, um muçulmano podia preferir consultar um judeu em questões de amuletos e talismãs, certos tipos de magia agrícola, feitiços de amor etc. O judeu enquanto "o outro" era visto como misterioso tanto dentro quanto fora da sociedade, inferior aos "verdadeiros crentes" mas de alguma forma também sobrenaturalmente mais bem dotado. No entanto, pode muito bem ter havido outros piratas judeus, inclusive alguns Renegados de origem judaica. Existem motivos sólidos para tal suposição. O rabino Y. Sasportas, descendente de Maimônides, nascido em Oran, viveu em Salé "por boa parte do século XVII. Mais tarde ele viveu na Europa, mas enquanto esteve em Salé sempre manteve contato e recebeu visitantes de lugares tão distantes quanto Jerusalém, Livorno, Hamburgo e Amsterdã. O sultão do Marrocos fez uso dele como embaixador à corte da Espanha." Sasportas, pelo visto, era o líder daqueles "exilados" que abraçaram os ensinamentos do "Falso Messias", Sabbatai Sevi. Esse entusiasmo se revelou um dos pomos da discórdia entre os "exilados" e os "colonos", já que os "colonos" rejeitavam totalmente o fervor messiânico dos "exilados". Sabbatai Sevi (também de Smirna) alegava ser o Messias, e pregava um tipo de cabalismo antinomista – um abrandamento da Lei a favor do puro esoterismo. O grande G. Scholem devotou uma de suas obras mais valiosas e esmeradas a este movimento. Assim, preciso apenas falar pouco mais sobre ele – exceto para observar que, em 1666 (ano que todos esperavam que aconteceria o fim do mundo), o Messias foi preso em Istambul e *convertido ao Islã* (Scholem, 1973). Esta apostasia fez com que a maioria de seus seguidores o abandonasse, mas os que continuaram fiéis foram suficientes para formar uma seita de muçulmanos nominais chamada *Donnech*, que ainda existe na Turquia. Originalmente, a seita tinha uma distribuição mais ampla e pode ter incluído parte da congregação do rabino Sasportas em Salé. Depois de 1666, na era da pirataria pós-república sob a dinastia dos xerifes alauitas, Salé pode ter gozado dos serviços dos Renegados seguidores de Sabbatai.[78] De qualquer forma, os rabinos místicos frequente-

78 É interessante observar que um dos poucos prédios em "Nova Salé" (Rabat) que pode ser datado como sendo da "era dos pira-

mente eram amistosos com os sufis místicos, e idéias messiânicas-cabalistas eram provavelmente conhecidas e discutidas fora da comunidade judaica. As idéias de Sabbatai eram bem parecidas com as de vários místicos e grupos protestantes, como os *Fifth Monarchy Men*,[79] que também acalentaram sonhos milenaristas. A Revolução na Inglaterra fez aparecer inúmeros milenaristas místicos, inclusive muitos das classes trabalhadoras, e seria legítimo (eu creio) presumir que os Renegados tinham conhecimento destes movimentos e crenças. N. Cohn e C. Hill demonstraram que o Milênio, e o "Mundo de Cabeça Para Baixo", não serviam apenas como imagens religiosas, mas também e simultaneamente como elementos de uma *(proto) ideologia revolucionária* que utilizava linguagem espiritual para expressar significados e intenções políticas. A pregação dos *levellers*, destruição dos ricos, a anarquia dos *ranters* e o comunismo dos *diggers* eram todos vivenciados *tanto* como estados místicos *quanto* como causas insurrecionais. Eu proporia que em alguma medida os Renegados podem ser vistos e interpretados à luz desta efervescência espiritual-política, na qual a resistência social invariavelmente se manifesta sob alguma forma religiosa. A apostasia de Sabbatai pode muito bem ter sido compreendida em Salé (e na Barbária em geral) como uma espécie de defesa da experiência dos Renegados, ou pelo menos como um aprofundamento esotérico de seu significado. O Islã, afinal, é o mais recente dos três monoteísmos ocidentais e assim contém em si uma *crítica* revolucionária ao judaísmo e ao cristianismo. A

---

tas" é o *borj* de Sidi Makkluf, santo padroeiro dos marinheiros que dizem ter sido judeu convertido ao Islã. Veja Caillé, 1949, p. 275.

79 Seita extremista puritana, proeminente por volta de 1650, que acreditava que estava na hora da monarquia que viria a suceder as monarquias assíria, persa, grega e romana, e durante a qual Cristo reinaria com seus santos por mil anos (N.E.).

apostasia de um pretenso Messias ou de um pobre marinheiro anônimo seria vista, sem sombra de dúvida, como um ato de rebelião. O Islã, até certo ponto, foi a "Internacional" do século XVII – e Salé talvez seu único verdadeiro "Soviete". Quando ouvimos falar pela primeira vez de Salé, ela parece um lugar bem ateu, um ninho de turbulentos piratas ateus – mas quanto mais damos ouvidos, mais Salé parece reverberar com vozes do passado erguidas em discussões acaloradas ou em orações extáticas. Os textos se perderam ou talvez nunca tenham existido. É uma cultura oral, uma cultura auricular... quase impossível perceber os últimos murmúrios que rapidamente perdem a intensidade... mas não *totalmente* impossível!

Começamos a história de Salé com uma lenda popular sobre um corsário e uma sereia que sugere que a pirataria moura tinha uma *natureza erótica* intensa e muito insólita. Uma libido destas invariavelmente parecerá anormal para os que "não saem de casa", de dentro de seu próprio universo cultural-moral, e nunca se aventuram no nomadismo espacial do pirata ou no nomadismo psíquico do herético. Já observamos que as mulheres mouras eram imaginadas (por estas almas caseiras) como perigosas feiticeiras, inumanamente belas e vorazes. Isso é interessante: a verdade é que (pelo menos para os homens) o islamismo era uma cultura muito mais liberada sexualmente do que o cristianismo. A sharia permite tanto a poligamia quanto o concubinato, e permite o divórcio. O Profeta falou várias vezes a favor do prazer sexual, e Ibn Arabi (uma influência de vulto sobre os sufis marroquinos) escreve de modo extremamente tântrico sobre o prazer sexual como forma de realização mística (Veja o capítulo sobre Muhammad em Austin, 1980). No nível popular, não pode haver dúvida de que este aspecto do Islã que vê o prazer como positivo sempre pareceu perigosamente atraente para certas almas dentro do cristianismo, e podemos estar certos que motivou os Renegados. Também podemos estar certos – porque fomos bem informados por testemunhas como o bom Père Dan – de que o costume oriental muito comum da pederastia era um atrativo para certos Renegados.

A homossexualidade é obviamente tão proibida na lei islâmica quanto na maioria dos outros códigos religiosos. Mas a sociedade cristã assumiu uma atitude muito mais negativa em relação a estas práticas do que a sociedade islâmica. No Norte da África, como em outras partes do Dar al-Islãm, tanto a prática quanto o ideal de amor entre pessoas do mesmo sexo foi mais "socializado" (para usar um slogan sociológico) do que na Europa. Era tolerada no nível social e altamente valorizada no nível do ideal – como se pode depreender do romantismo pederástico de grande parte da poesia sufi. Até certo ponto, pode-se até dizer que era institucionalizada – a despeito da Shariah – enquanto estilo de vida aceito. Père Dan relata com piedosa repugnância como garotos cativos corriam o risco de se tornar "*mignons*" de devassos mouros e Renegados.[80] Em Argel – e em geral – meninos judeus e cristãos costumavam ser preferidos como queridinhos, em parte porque o parceiro passivo era socialmente estigmatizado e a virgindade dos meninos muçulmanos era, por consequência, mais bem protegida, e em parte por causa da exótica beleza dos meninos islandeses, irlandeses e sefarditas. Meninos não muçulmanos eram mais acessíveis – às vezes como escravos – mas também se podia esperar que "virassem turcos" mais facilmente do que um cativo adulto. O grande corsário renegado argelino nascido da Albânia, Morat Rais (não confundir com o Murad Rais de Salé), recebeu o comando de seu primeiro navio quando tinha 12 ou 13 anos das

80 Baker, o cônsul inglês em Trípoli, "era fascinado por condutas e hábitos sexuais diferentes dos seus, em particular a homossexualidade. Segundo ele, isso era bem aceitável em Trípoli" (ver Pannell, 1989, p.62).

mãos de um capitão pirata que estava perdidamente apaixonado por ele, aparentemente no nível da idiotia! (Morat, no entanto, nunca legitimou a sandice do capitão por meio de sucesso instantâneo e subsequente brilhante carreira na pirataria.)

Sodomy and the Pirate Tradition, de Burg (1984), argumenta com lógica que a sociedade tipicamente masculina dos piratas, desprovida de qualquer lei e moralidade convencional, deve ter parecido ser um óbvio refúgio para os homossexuais perseguidos da Europa dos séculos XVII e XVIII – especialmente para marinheiros que já eram conhecidos por tais inclinações. Burg afirma que o caso normal entre piratas homossexuais envolvia homens adultos – isto é, homossexualidade "andrófila". Infelizmente para essa tese, Burg não consegue documentar muitas relações deste tipo e, em vez disso, tem que tirar a maioria de seus exemplos concretos das fileiras de amantes de meninos. Aqui há uma profusão de indícios anedóticos e de arquivos. Burg, no entanto, depois estigmatiza a relação adulto-menino como "pedofilia", um termo corrente de desaprovação clínica, equivalente a "abusar de crianças". Burg, que sugere que seus juízos sociológicos se baseiam na ideologia da "liberação gay" (que exclui amor por meninos de sua lista do que é politicamente correto), chega a utilizar categorias terapêuticas modernas para piratas pederastas, a quem ele acusa de "baixa auto-estima", "sentimentos de inferioridade, imaturidade e passividade". Eles sofriam de "sentimentos arraigados de inferioridade ou hostilidade frente a seus superiores na sociedade" etc, etc. De acordo com Burg, o verdadeiro ideal pirata era uma "relação satisfatória entre homens".

Burg pode ser criticado, creio, por utilizar categorias do final do século XIX em suas análises dos piratas dos séculos XVII e XVIII. Uma história foucaultiana das sexualidades indicaria que fenômenos como homossexualidade pedófila ou andrófila são *comportamentos* e não *categorias*. Vistos como categorias, estes fenômenos só podem ser chamados de constructos sociais e não de estados naturais de ser. Imputar "normalidade" ou privilegiar um comportamento sexual em detrimento de outro é uma faca de dois gumes para qualquer teoria homossexual, já que estes são precisamente os termos usados pela teoria heterossexual para desacreditar e condenar *todo* amor entre pessoas do mesmo sexo. De qualquer forma, a palavra "homossexual" pertence ao final do século XIX, e os conceitos de androfilia e pedofilia são refinamentos ainda mais tardios. O século XVII não conhecia essas palavras, nem reconhecia nenhuma categoria que pudesse ter sido expressa por tais termos. Conhecia, claro, comportamentos – o amor entre dois companheiros de bordo ou *matelots* e conhecia o amor entre um homem e um jovem, o capitão e o camaroteiro, o mouro e seu *mignon*. No mundo islâmico, sexo e romance entre dois homens adultos era considerado mais antinatural do que o amor por um belo menino, que até o Profeta aceitava como "natural", embora "proibido" (há escanções no Paraíso, assim como huris). Os sufis exaltavam amor por meninos, os janízaros de Argel praticavam o amor por meninos, e podemos estar certos de que alguns *Sally Rovers* também. A pederastia – e não a "androfilia" nem a "pedofilia" – era uma categoria conhecida e amplamente aceita no Islã como "normal", a despeito das injunções do Alcorão. Não vou tentar provar que também era assim com os piratas europeus de Burg (ele nunca discutiu os corsários da Barbária), mas afirmo que era assim em Salé e Rabat no século XVII. Como no caso dos poetas que foram em revoada para Tânger nos anos 1950, podemos estar certos que o Marrocos, mesmo nos anos 1630, era conhecido como um refúgio para homens que amam meninos. Mas (infelizmente para o historiador ávido por texto!) eles não eram poetas, e sim piratas.

UTOPIAS PIRATAS

E assim, tendo seguido nosso calendário corsário do começo ao fim da temporada social – o inverno –, voltamos para a primavera e o impulso de sair novamente cruzando os mares abertos. Não sei dizer se estas imagens dispersas da *cultura dos* Renegados compõem algo como uma hipótese, uma teoria ou mesmo um quadro coerente. Sem dúvida tivemos que usar a imaginação mais do que um historiador "de verdade" aprovaria, levantando muitas suposições sobre uma base incerta de generalizações, e acrescentando um toque de fantasia (e que piratologista já conseguiu resistir à fantasia?). Só posso dizer que satisfiz a minha curiosidade, pelo menos no seguinte sentido: que algo como uma cultura de Renegados *possa ter existido* e de que todos os ingredientes para isto estavam presentes no mesmo lugar e na mesma época. Além do mais, existem bons indícios circunstanciais desta cultura no que poderíamos chamar de seu único grande constructo – a(s) República(s) Corsária(s) Moura(s) do Bou Regreg. Talvez possa parecer que um conceito assim tão original dependa de uma *profundidade de origem* que só pode ser rotulada de "cultural", isto é, sociologicamente complexa, e suficientemente concentrada em si mesmo para ser chamada (ou para chamar a si mesma) de *diferente*. A Máfia chama a si mesma de "Coisa Nossa". Os corsários chamavam à "coisa" deles de República de Salé – não apenas um ponto de encontro ou porto seguro de piratas, mas uma utopia pirata, uma estrutura planejada para uma sociedade corsária. Talvez uma espécie de *franco* ou língua franca possa ter emergido em Salé como ocorreu em Argel, embora não tenhamos prova disso. Mas Salé tinha sua própria linguagem de sinais e instituições, de relações e idéias, de bens e povos, que claramente se fundiram em uma entidade social identificável. Os exilados – patifes judeus, mouriscos ou europeus – criaram uma sinergia transcultural (contra um pano de fundo mouro) que pode ser identificada como uma nova síntese em vez de apenas uma mixórdia de estilos. Em nossa conclusão, tentaremos analisar esta cultura como *padrão de conversões*, de literais aventuras transculturais, de *traduções*.

Como primeiro passo nesta análise, talvez fosse interessante comparar a estrutura política da República Tríplice com outras estruturas políticas. Duas comparações óbvias vêm à mente – a primeira, os outros estados da Barbária, especialmente Argel. E a segunda, outras "utopias piratas" de outras partes do mundo.

Já observamos que, embora Argel nunca tenha realmente conseguido ficar independente da *Sublime Porta*, ela conseguiu tramar uma forma bizarra de liberdade para si a partir das competições de gritos que aconteciam no Divã do *Ocak*, da conivência do *Taiffe* pirata, da mais pura covardia de vários burocratas otomanos e – se tudo o mais falhasse – da "democracia por assassinato". A estrutura legislativa da República do Bou Regreg foi quase que com certeza copiada do *taiffe* argelino – na verdade, às vezes os dois organismos podem até ter tido membros em comum. Mas em Salé, o "*Taiffe*" governava sozinho, como um divã, sem outras instituições com as quais dividir o poder, como em Argel. Aparentemente, o divã de Salé, ou mais exatamente os divãs, eram organizados de forma mais democrática do que o modelo argelino. Comandantes-em-chefe eram eleitos para mandatos de um ano, assim como os quatorze ou dezesseis capitães da assembleia. Nomeações para cargos burocráticos eram feitas – fiscais de impostos, funcionários do porto, guardiões da paz (uma turma não muito eficiente, pode-se desconfiar) etc. –, mas havia uma intenção clara e óbvia de impedir que o poder político se fossilizasse ou mesmo ficasse estável em qualquer medida. Os andaluzes e os corsários gostavam de manter as coisas fluidas – mesmo que chegassem à beira da turbulência. Todas as tentativas de estabelecer controle, ao menos em Rabat e na Casbah, eram imediatamente respondidas com violência.

Podemos presumir que esta *autonomia* significava mais para os corsários do que apenas a chance de maximizar os lucros? Era a versão deles de "revolução permanente" compatível com quaisquer sérios propósitos e ambições protocapitalistas? Não teria uma monarquia (de preferência uma monarquia corrupta) sido mais útil para os propósitos de mero enriquecimento fiscal? Não haveria algo de *quixotesco* em todo este fenômeno Bou Regreg? Com a possível exceção das repúblicas de oligarcas de Veneza ou da Holanda, e do *Taiffe* de Argel, os corsários não tinham modelos do mundo real para seu experimento democrático.[81] Mas a *ideia* de uma república estava no ar – e em 1640 emergiria na história europeia com as revoluções na Inglaterra, depois na América e então na França. Teria sido apenas um acidente histórico que tudo isso fosse precedido pela *República* de Salé? Ou será que deveríamos reescrever a sequência histórica e colocar: *Salé*, Inglaterra, América e França? Um pensamento embaraçoso, talvez: piratas mouros e Renegados convertidos ao Islã como os antepassados ocultos da Democracia. É melhor não ir por aí.

No final do século XVII e no início do século XVIII, várias "utopias piratas" independentes surgiram em outras partes do mundo. As mais famosas foram a Hispaniola, onde os bucaneiros criaram sua própria efêmera sociedade altamente anárquica, a *Libertatia*, em Madagascar, *Ranter's Bay*, também em Madagascar, e Nassau, nas Bahamas, que foi a última utopia pirata clássica.

---

81 Podem ter tido conhecimento dos *uskoks*, piratas que viviam nas ilhas ao largo da costa da Iugoslávia e que pilhavam principalmente frotas muçulmanas e venezianas, e que parecem ter tido uma forma igualitária-tribal de governo. [Veja Bracewell, 1992]

A maioria dos historiadores não percebeu a importância dos *enclaves territoriais* dos piratas, e os viram apenas como locais de repouso entre viagens. A noção de uma *sociedade pirata* é uma contradição na maioria das teorias de história, marxistas ou não – mas os bucaneiros da Hispaniola (São Domingos de hoje) formavam exatamente tal sociedade. A Hispaniola era uma espécie de Terra de Ninguém no final do século XVI e início do século XVII. A população nativa havia diminuído, e nenhuma potência europeia a controlava efetivamente. Marinheiros naufragados, desertores, escravos e servos fugitivos ("quilombolas") e outras pessoas que abandonaram seus grupos sociais começaram a se encontrar em Hispaniola, livres de qualquer governo, e capazes de ganhar a vida como caçadores. Gado e porcos selvagens, descendentes dos rebanhos das tentativas de colonização que fracassaram e desapareceram, vagavam pela floresta em companhia de animais de caça. *Boucan* ou carne seca defumada (técnica aprendida com os caraíbas) podia ser trocada com navios visitantes por outras mercadorias. Foi aqui que teve origem os "Irmãos da Costa", conscientes de sua liberdade e organizados (minimamente e de modo igualitário) para preservá-la. Mais tarde foram fundadas comunidades em Tortuga e New Providence. Os bucaneiros só gradualmente se voltaram para a pirataria e, quando o fizeram, se organizaram de acordo com "estatutos" ou constituições de bordo, alguns citados por Exquemelin (o único cronista testemunha ocular do "período áureo" dos bucaneiros). Pode-se dizer que os estatutos são praticamente os únicos autênticos documentos piratas existentes. Em termos gerais, exigiam que todos os oficiais fossem eleitos, exceto o contramestre do navio e outros "artistas", como o mestre-de-velas, cozinheiro ou músico. Os capitães eram eleitos e recebiam apenas de uma vez e meia a duas vezes a quota de um tripulante. Castigos corporais eram proibidos, e desacordos entre oficiais e tripulantes eram resolvidos em um conselho de guerra sumário, ou pelas regras de etiqueta que regiam os duelos. Às vezes algum austero pirata galês (como "*Black Bart*" Roberts) inseria uma cláusula proibindo mulheres e meninos a bordo – mas em geral, não. Bebida nunca era proibida. Navios piratas eram verdadeiras repúblicas, cada navio (ou frota) uma democracia flutuante independente.

Os primeiros bucaneiros viviam de modo bastante idílico nos bosques, uma vida marcada por extremos de pobreza e abundância, crueldade e generosidade e pontuada por aventuras desesperadas no mar em canoas esburacadas e chalupas mal-ajambradas. O estilo de vida bucaneiro tinha um apelo óbvio: harmonia inter-racial, solidariedade de classe, ausência de governo, aventuras e glórias possíveis. Outras tentativas surgiram. Belize foi colonizada por bucaneiros. A cidade de Port Royal na Jamaica se tornou território de caça deles. Suas ruínas mal-assombradas ainda podem ser vistas no fundo do mar que a inundou totalmente em 1692. Mas, mesmo antes desse golpe final de proporções bíblicas, a vida do bucaneiro já havia chegado ao fim. O brilhante Henry Morgan, ousado e sortudo, chegou à liderança, organizou os bucaneiros na surpreendente invasão do Panamá em 1671 – e depois aceitou o perdão junto com a nomeação inglesa para governador e juiz supremo, e voltou para os lugares que costumava frequentar como carrasco de seus velhos camaradas. Foi certamente o fim de uma era. Os bucaneiros que sobreviveram, impedidos de terem bases permanentes em terra, viraram *piratas*.

Mas o sonho de uma "era de ouro" subsistiu: o idílio silvestre de Hispaniola se tornou tanto um mito de origem quanto um objetivo político. De agora em diante, toda vez que os piratas tinham uma chance, tentavam fundar enclaves territoriais permanentes ou semipermanentes. As condições ideais incluíam proximidade com rotas marítimas conhecidas, nativos (e nativas) amistosos, isolamento e grande distância de toda autoridade e realidade de potência europeia, um agradável clima tropical e talvez um posto comercial ou taverna onde pudessem gastar o butim. Estavam preparados para aceitar liderança temporária em situações de combate, mas em terra preferiam a liberdade absoluta mesmo se ao preço da violência. Na busca pelo butim, estavam dispostos a viver ou morrer pela democracia radical como princípio organizador, mas no desfrute do butim, insistiam na anarquia. Alguns enclaves litorâneos não passavam de um ancoradouro oculto, uma praia onde os cascos dos navios podiam ser limpos, e uma fonte de água doce. Outros eram pequenos portos violentos como Port Royal ou Baltimore, dirigidos por vigaristas "respeitáveis" como Thomas Crooke, que não passavam de parasitas de piratas. Mas outros enclaves na verdade só podem ser chamados de comunidades intencionais – afinal, eram propositais, e eram comunitários – e portanto podem legitimamente ser considerados *Utopias Piratas.*

No início dos anos 1700, o cenário da ação se deslocou do Mar do Caribe para o Oceano Índico. A Europa havia dado início a suas relações colonialistas-imperialistas com o Oriente "Próximo" e a Índia, mas muitos territórios continuavam "indomados". Ficou provado que o local perfeito para enclaves territoriais era Madagascar, convenientemente localizada perto da rota marítima da peregrinação islâmica para a Arábica e Meca. O famoso Capitão Avery se transformou em lenda ao vencer o *dhow*[82] imperial mogol que partira da Índia para a *hadj*[83], roubar um diamante do tamanho de um ovo e "se casar" com uma princesa mogol. Parece que o diamante e outras jóias foram supostamente enterrados em alguma parte perto ou na enseada de Boston e nunca foram recuperados. Outros piratas não tinham vontade de voltar nem para a América nem para a Europa, e Madagascar parecia promissor. Nem o islamismo nem o cristianismo haviam pene-

82 Tipo de navio usado especialmente pelos árabes para navegar pelo Oceano Índico (N.E.)

83 Peregrinação a Meca e Medina (N.E.)

trado na imensa ilha, que ainda era pagã, tribal e "megalítica" em suas centenas de "reinos" nativos. (Para costumes megalíticos em Madagascar, veja Mohen, 1990, p. 55-58). Algumas tribos se revelaram dispostas a fazerem alianças com os piratas, e algumas das mulheres também. O clima era ideal, uns poucos postos comerciais foram abertos, e o conceito de utopia pirata foi revivido. Em alguns casos, um aventureiro "se casava com a filha do rei", ou de alguma outra forma se insinuava na sociedade nativa. Em outros, um grupo de piratas se estabelecia em uma aldeia própria, perto de uma tribo amistosa, e criava seus próprios costumes sociais.

Uma utopia destas foi fundada em "*Ranter's Bay*" – um topônimo que, como observa C. Hill, dá algum crédito à suposição de que seitas radicais antinomistas podem ter encontrado adeptos entre os piratas (Hill, 1985). De acordo com *The King of the Pirates* (1720), de Daniel Defoe, o próprio Capitão Avery se fixou por um tempo em Madagascar como "rei de mentira". Hill observa que "Defoe enfatizou os aspectos libertários da colônia de Avery. "Em um estado livre, como o nosso, todos eram livres para ir aonde quisessem."" (*ibid.*, p. 178). Outra colônia em Madagascar foi fundada pelo Capitão North e sua tripulação. Mas sem dúvida a mais interessante e a mais famosa das utopias de Madagascar – certamente a mais *utópica* – foi "Libertatia" (ou Libertalia).

Nossa única fonte para Libertatia e seu fundador, o Capitão Mission, é um livro escrito por Daniel Defoe sob o pseudônimo literário de "Capitão Charles Johnson", *The General History of the Pyrats* (1724-28). Não é uma obra de ficção, e grande parte dela pode ser corroborada por material de arquivos, mas foi claramente escrita como uma obra *popular*, cheia de colorido e excitação, pobre em documentação. Defoe alegava ter conseguido toda a informação sobre Libertatia em um "Manuscrito Mission" em sua posse. De acordo com Defoe, esta era a história contada no manuscrito:

Filho mais novo de uma antiga família provençal, Mission sai de casa aos 15 anos para estudar na academia militar em Argel, e depois se apresenta como voluntário para trabalhar a bordo de um navio de guerra francês no Mediterrâneo. Durante uma licença em Roma, ele conhece um frade dominicano "lascivo" chamado Caraccioli, que perdera a fé e decidira embarcar e partir com Mission. Em uma batalha contra um pirata, os dois se distinguem por bravura. Gradualmente Caraccioli converte Mission ao ateísmo e ao comunismo, ou mais exatamente ao "perfeito deísmo".

Então, em uma batalha contra um navio inglês, o capitão e os oficiais franceses são mortos. Caraccioli nomeia Mission para o posto de capitão, e os dois fazem longos discursos para a tripulação, convencendo-os de seus propósitos revolucionários (e mencionando Alexandre, o Grande, Henrique IV e VII da Inglaterra e Maomé como figuras inspiradoras!). Eles convencem a tripulação a fundar uma "nova república marítima". "Todos os homens nascem livres, e têm tanto direito ao que os sustenta quanto ao ar que respiram".

O contramestre, Mathew le Tonder, sugere hastearem a bandeira preta (chamada de *Jolly Roger* como estandarte – mas Caraccioli é contra, dizendo que "não eram piratas, mas homens que estavam decididos a levar a cabo a liberdade que Deus e a Natureza lhes havia dado." Ele faz referência aos "Direitos e às Liberdades dos Povos", a "livrar-se o jugo da tirania", à "miséria da opressão e da pobreza." "Os piratas eram homens sem princípio e que viviam vidas dissolutas. Mas as vidas *deles* iriam ser audazes, justas e inocentes." Como emblema, escolheram um estandarte branco com o mote "Por Deus e pela Liberdade". (Tudo isso soa mais como *deísmo* do que ateísmo, mas no início do século XVIII estes termos ainda eram virtualmente intercambiáveis.)

Mission e a tripulação agora se engajam em uma série de bem sucedidos ataques a navios, pegando como butim apenas aquilo de que precisam, e depois os deixando ir livres. Episódios de cavalheirismo e gentileza se alternam com coragem e violência. Ao largo da costa da África, eles capturam um navio negreiro holandês. Mission faz outra longa preleção à tripulação, argumentando que "a compra e a venda daqueles de nossa própria espécie nunca poderia ser agradável aos olhos da justiça divina. Que nenhum homem tinha poder sobre a liberdade de outro, e que aqueles que professam um conhecimento mais iluminado da divindade vendiam homens como bestas, provando, com essa atitude, que a religião deles não passava de uma afetação!" Mission prossegue então dizendo que, no que lhe dizia respeito, ele "não tinha livrado seu próprio pescoço do mortificante jugo da escravidão, e reivindicado sua própria liberdade, para escravizar a outrem", e instiga os marinheiros a aceitarem os africanos como camaradas – o que acabaram por fazer.

Algum tempo depois, eles se fixam na ilha de Johanna, no oceano Índico, onde Mission se casa com a filha da "rainha negra local", e a tripulação também encontra esposas. Por alguns anos Mission continua a fazer discursos, roubar navios e ocasionalmente – quando forçado pelas circunstâncias – matar seus inimigos. (Como disse Lorde Byron, Mission *"was the mildest manner'd man/That ever scuttled ship or cut a throat"*[84] (*apud* Gosse, 1924, p. 218).

Mission agora decide se aventurar numa comunidade internacional, e desloca seu pessoal para Madagascar.[85] Ali começam a formar uma sociedade totalmente socialista na qual a propriedade privada é abolida e toda a riqueza é guardada em um tesouro comum. Não há cercas dividindo os lotes de terra dos piratas. São construídas docas e fortificações, e dois novos navios, *Childhood* e *Liberty*, são enviados para mapearem a costa. É construída uma Assembleia Legislativa, e Mission é eleito "Curador" para um mandato de três anos. A assembleia eleita se reúne uma vez por ano, e nada de importante pode ser feito sem sua apro-

---

84 Foi o homem de maneiras mais suaves/ a afundar um navio ou cortar uma garganta (N.T.)

85 De acordo com Course (1996), Libertatia se localizava perto da ponta nordeste da ilha, na enseada de Diego Suárez ou Antsiranana.

vação. As leis são impressas e distribuídas, "já que tinham alguns tipógrafos e calígrafos dentre eles." O Capitão Tew, pirata inglês, é o Almirante de Esquadra, Caraccioli é Secretário de Estado, e o Conselho consiste dos piratas mais capazes "sem distinção de nação ou cor". Uma *nova língua* é inventada, uma mistura de francês, inglês, holandês, português, etc. Esse regime progressista não consegue satisfazer a uns poucos radicais extremistas (inclusive o capitão Tew), que se separam para fundar a própria colônia, baseada no puro anarquismo – sem leis, sem funcionários. Por vários anos (o Manuscrito parece ter sido vago quanto à cronologia) a utopia pirata floresceu. Quando finalmente fracassa, não é por culpa de contradições internas, mas sim por agressão externa: uma tribo de nativos hostis ataca, os colonos fazem-se ao mar em seus navios, e são destruídos por um inesperado furacão.

O próprio Defoe viveu durante o último apogeu da pirataria, e grande parte das informações ele conseguiu em entrevistas a piratas presos em Londres. Muitos de seus leitores teriam sabido muita coisa sobre a pirataria do final do século XVII e início do século XVIII, na pior das hipóteses por causa das brochuras com as notícias e as baladas narrativas sobre criminosos. Que eu saiba, no entanto, nenhum leitor contemporâneo jamais questionou a realidade do Capitão Mission. A despeito do fato de que os dois capítulos sobre Mission parecem tirados de Rousseau – ou Byron! (nenhum dos dois ainda nascidos) – e a despeito do fato de que os princípios políticos de Libertatia eram de certa forma mais radicais do que os princípios políticos da América revolucionária (1776) ou da França revolucionária (1793) – ou mesmo da Rússia (1917) – a despeito de tudo isto, ninguém em 1728 duvidou da existência do Capitão Johnson ou o acusou de inventar a história do Capitão Mission do nada. Acreditou-se na história, presume-se, porque era *inerentemente crível*. É claro que muita gente também acreditou em Lemuel Gulliver e no Barão de Munchausen, não se pode provar coisa alguma tomando como base a crença popular. Mesmo assim, o Capitão Mission foi aceito como fato até 1972, quando uma nova edição da *General History* foi preparada por Manuel Schonhorn.

Na introdução à obra, a realidade do Capitão Mission foi vigorosamente atacada em duas frentes principais. Primeiro, a falta de provas: não existe nenhum material de arquivo que o corrobore (é claro que pode ter desaparecido). Muito mais danoso, no entanto, era a questão do Capitão Tew. Existe muito material de arquivo e material histórico sobre Tew, e não há dúvidas da existência *dele* – mas o material mostra que Tew não poderia ter estado em Madagascar por tempo suficiente para representar seu papel na história de Libertatia. Com base nisso, concluiu-se que a história de Mission é *ficção*, uma mistificação do mesmo tipo de Robinson Crusoe, embutida em um texto, sob outros aspectos, histórico (ou mais ou menos histórico). O propósito da mistificação era fazer propaganda política pró-*whig*.[86] Nunca existiu um "Manuscrito Mission". Libertatia era literalmente uma u-topia {do grego *ou*, não + do grego *topos*, lugar = não lugar}: ficava em "lugar nenhum"!

Temos que admitir que a questão Tew põe em dúvida a narrativa sobre Mission. No entanto, creio que o veredicto de não-existência é forçado e muito precipitado. Várias outras possibilidades lógicas devem ser consideradas: (a) Mission existiu e o Manuscrito também, mas continha informações falsas sobre o capitão Tew (talvez o nome Tew tenha sido usado para camuflar outra pessoa) e Defoe o aceitou sem reservas; (b) o Manuscrito existiu e descrevia eventos reais, mas o próprio Defoe inventou os episódios que envolviam Tew (inclusive o cisma "anarquista") por razões pessoais, talvez para encorpar uma narrativa rala; (c) o Manuscrito nunca existiu, nem pessoa alguma de nome Mission ou Caraccioli – mas algo como Libertatia realmente aconteceu em Madagascar,

86 Partido político inglês que se opunha aos *Tories*, ou Partido Conservador, mais tarde substituído pelo Partido Liberal (N.E.)

e foi superficialmente ficcionalizada por Defoe (Robinson Crusoe teve um modelo na vida real, Alexander Selkirk, um genuíno náufrago sobrevivente). "Johnson" acrescentou o nome de um pirata de verdade, Tew, para aumentar a verossimilhança do texto, sem compreender que estava desta forma revelando o estratagema para historiadores do futuro. Nenhuma destas hipóteses pode ser provada ou refutada com base no problema Tew. Portanto, a Hipótese Desmascaradora Revisionista – a total ficcionalização – também vai ficar sem ser provada. Não devemos permitir que a mera paixão pelo desmascaramento nos leve a abandonar a sólida historicidade de um *herói revolucionário* ou de uma *verdadeira utopia* (Veja, por exemplo, o prefácio de Burroughs, 1981; veja também Law, 1980), *Ranter's Bay* foi perfeitamente real, e também os "reinos" formados em Madagascar pelos filhos "mestiços" dos piratas (Veja Duchamps, 1949, especialmente páginas 215-229). Os bucaneiros existiram, e também a tripulação rebelde em Nassau, nas Bahamas (inclusive Blackbeard, e "*Calico Jack*" Rackham e suas duas esposas piratas, Ann Bonney e Mary Reade), que vicejaram por uns poucos anos no início dos anos 1700. Libertatia *poderia* ter existido, e *deveria* ter existido. Isso basta para os admiradores do Capitão Mission. Christopher Hill se recusa a aceitar Mission como mera ficção. Hill observa que, embora Defoe tivesse sido um radical cospe-fogo quando jovem, havia se transformado em um escritor comercial nos anos 1720, e defensor de valores materiais burgueses. "É isto o que torna tão extraordinário o encanto da descrição que ele faz de Libertatia. Isto seria surpreendente se ele tivesse inventado a coisa toda, mas nem tanto se ele tivesse ficado dando ouvidos às histórias dos velhos marinheiros e visto a possibilidade de usar Libertatia para criticar aspectos da sociedade capitalista que o ofendiam." (Hill, *op. Cit.*, p. 179).

No entanto, presumindo, só para argumentar, que os capítulos sobre Mission na *General History* são pelo menos tão romantizados quanto *Robinson Crusoe*, surge uma questão interessante.

Defoe, parece, conhecia bastante sobre a República de Salé. Nos primeiros capítulos de *Robinson Crusoe*, o herói é capturado por "*Sally Rovers*" e depois levado para o Marrocos para ser vendido. Da mesma forma que São Vicente de Paulo e Sieur Mouette, Robinson descobre que seu amo mourisco não é um sujeito tão ruim: ele oferece ao marinheiro inglês a chance de escapar da escravidão se convertendo ao islamismo. Crusoé, no entanto, decide tentar fugir, e acaba conseguindo roubar um pequeno bote. Ele é acompanhado por um encantador menino mourisco, com quem ele não compartilha língua alguma – um claro prenúncio de Sexta-Feira, o querido companheiro. *Defoe, pelo que parece, pode ter usado Salé como modelo parcial para Libertatia.*

No entanto, a comparação não pode ser estendida longe demais. Salé era indubitavelmente mais libertária do que os estados da Costa da Barbária Argel, Túnis e Trípoli, mas decerto tinha uma estrutura muito mais convencional do que qualquer uma das puras utopias piratas. Os piratas de Salé decidiram aceitar uma forma republicana de governo (e o imposto de dez por cento) a fim de salvaguardar suas liberdades em uma base (esperançosamente) permanente; Salé pode ser vista com uma espécie de meio-termo.

Pode parecer que eles fizeram isso deliberada e conscientemente, embora sem qualquer outra estrutura ideológico-intelectual que não um ódio à opressão de classe europeia, e uma admiração (ou ao menos aceitação) pelo Islã. Os chamados aspectos "democráticos" do Islã podem ter facilitado a emergência do experimento único que foi Salé, mas não podem dar conta totalmente dele (já que os governos islâmicos em outras partes foram todos monárquicos.) O extremismo protestante (com sua negação de todo "magistério" secular ou governo) pode ter sido um fator – mas não um fator suficiente para salvar os Renegados da apostasia! Sem textos de Salé, é impossível ter certeza – mas parece como se a República do Bou Regreg pudesse ter sido criação direta dos mouriscos andaluzes e Renegados europeus, com (talvez) um pouco de inspiração de certos sufis – um autêntico feito de gênio político espontâneo.

Quando os Renegados desapareceram, não deixaram para trás qualquer "fruto" – nenhum vestígio óbvio permanente de sua existência. Em Madagascar, os filhos "mestiços" dos piratas criaram uma nova cultura, mas no Norte da África os convertidos e seus descendentes foram simplesmente absorvidos pela população em geral. Sua influência sobre a civilização europeia parece ser nula, ou até menos do que isso: como parentes que caíram em desgraça, não são mencionados – não apenas esquecidos, mas esquecidos de propósito. Não fizeram coisa alguma para deslocar a fronteira do Islã para o Ocidente, a despeito de séculos de *jihad*. Não criaram qualquer forma artística característica, e não deixaram para trás uma página sequer de "literatura". Uns poucos nomes, umas poucas anedotas de crueldade... o resto desapareceu. Apesar do mistério absolutamente anômalo de sua existência – milhares de europeus convertidos ao Islã no século XVII! – não receberam atenção quase alguma dos historiadores analíticos ou explicativos, não despertaram curiosidade entre os historiadores da religião. Murcharam pouco a pouco até a insignificância, quase que até a invisibilidade.

Piratas, apóstatas, traidores, degenerados, heréticos – que significado positivo se poderia esperar que surgisse de tal combinação? Devemos simplesmente confessar um fascínio pelo perverso? Afinal, esse é o verdadeiro motivo do piratologista, a despeito de todos os protestos de indignação moral, não é? Para não falar no heresiólogo! Para responder a esta objeção, eu chamaria a atenção (como de fato o fiz em outra parte, por exemplo, em Wilson, 1991, introdução) para o fato de que a heresia é um meio de transferência cultural. Quando a religião de uma cultura penetra em outra cultura, frequentemente o faz (ao menos inicialmente) como "heresia". Só mais tarde as autoridades ortodoxas chegam para corrigir todo mundo e fazê-los andar na linha. Assim, por exemplo, o cristianismo celta inicial absorveu muita coisa do druidismo, e era visto por Roma como "herético". Durante o processo, não apenas a cultura cristã foi introduzida na Irlanda, como também a cultura celta foi introduzida (mais sub-repticiamente) no cristianismo, ou melhor, na cultura cristã europeia. Ocorreu uma transferência cultural, e esta sinergia multicultural importou em algo novo – algo que produziu (por exemplo) o Livro de Kells.[87] A Espanha durante a era mourisca representa uma cultura baseada em uma transferência tripolar entre as tradições islâmica, judaica e cristã, especialmente em campos "heréticos" como a alquimia (ou a poesia!). A alquimia enquanto "heresia" transferiu a ciência grega para o cristianismo renascentista, via o Islã. E assim por diante.

A apostasia pode ser considerada um caso especial de "heresia". E no caso dos Renegados, uma área muito óbvia de transferência cultural é a tecnologia naval. Podemos presumir que os Renegados não apenas introduziram "barcos arredondados" e metalurgia avançada no mundo islâmico, como também podem ter introduzido a matemática islâmica na navegação e apresentado dispositivos como o astrolábio aos navegadores europeus. Esta fronteira permeável entre "Ocidente" e "Oriente" era mais aparente na Espanha moura, onde a osmose mútua acabou gerando um Colombo. E o processo, sem dúvida, continuou no século XVII. Devemos ser cautelosos e não interpretar esta transferência técnica como destituída de importância espiritual – lembre aquele capitão judeu de Smirna que foi tido como feiticeiro por causa de sua habilidade como navegador. O ofício do navegador era um mistério, e o marinheiro (como o nômade do deserto) um homem de ortodoxia suspeita.

Especulamos que os navegadores do século XVII compartilhavam mais do que os segredos de um ofício – eles podem

---

87 *Codex Cenannensis*, manuscrito do evangelho com iluminuras, encontrado no monastério de Kells (N.E.)

ter compartilhado de certas ideias clandestinas também: a ideia de democracia, por exemplo, ou, por falar nisto, a ideia de liberdade espiritual, de ficarem livres da "civilização cristã" e de todos os seus mistérios. Se noções islamófilas circulavam entre os maçons cultos, por que não também entre uma "maçonaria" de navegadores pobres? De navio para navio, em sussurros um boato circulava, uma história da Costa da Barbária, onde riqueza e "sobrinhas mouras" estavam à espera de bravos que as conquistassem – aqueles poucos espíritos livres ousados o suficiente para renunciarem ao cristianismo. Se não temos registros escritos desta "conspiração", podemos também perguntar: que documentos jamais surgiram de (sub)culturas orais e não letradas? Não precisamos de textos porque temos prova da conspiração no fato histórico de outro modo inexplicável de milhares de conversões, não apenas voluntárias como também enfáticas. Temos indício, na verdade, de apostasia em massa.

Aqui então temos um exemplo não apenas de heresia como meio de transferência cultural, mas também (e ainda mais interessante) de heresia como meio de resistência social. E é aqui (como já indiquei) que eu encontro o "significado" dos Renegados e de seu mundo perdido. É verdade que se deva suspeitar que esta teoria ou "visão" dos piratas seja um prolongamento de minha subjetividade particular – e mesmo um prolongamento "romântico", certamente. Mas também é verdade que nenhuma subjetividade é totalmente única. Se eu me aventuro a interpretar a experiência dos Renegados, é porque de certa forma eu a reconheço. Toda história compreende em alguma medida a "história do presente" (como diz Foucault), e talvez ainda mais uma história do eu. Mas "toda história" não deve ser por este motivo vista como não tendo objetividade ou como sendo meramente subjetiva e romântica.

Creio que reconheço os Renegados porque de alguma forma eles também estão "presentes". Quando o Coronel Kadafi e o IRA são acusados de conspiração e contrabando de armas, seria enganador mencionar a velha conexão atlântica entre os celtas e os africanos do norte? Da mesma forma que o consenso europeu do século XVII denunciou tal conspiração como traição e apostasia, a mídia moderna a descarta como "terrorismo". Não temos o hábito de olhar para a história a partir do ponto de vista do terrorista, ou seja, do ponto de vista da luta moral e da expropriação revolucionária. De acordo com a nossa visão de consenso moderna, o direito moral de matar e roubar (guerra e impostos) pertence apenas ao estado. Mais especificamente ainda, ao estado racional, secular, corporativo. Aqueles que são irracionais o suficiente para acreditarem que a religião (ou a revolução) é motivo para a atuarem no mundo são "fanáticos perigosos". Pelo visto, pouca coisa mudou desde os anos 1600. Por um lado, temos a sociedade. Por outro, a resistência.

O século XVII não conhecia essa coisa de ideologia secular. Nem estados nem indivíduos justificavam seus atos por meio de apelos filosóficos à ciência, sociologia, economia, "direitos naturais" ou "materialismo dialético". Virtualmente todos os constructos sociais eram baseados em valores religiosos, ou (ao menos) expressos em linguagem religiosa. Quanto à ideologia do monarquismo-imperialismo cristão – ou, por falar nisso, à ideologia da pirataria islâmica – somos livres para interpretarmos os dois como mera douração de pílula, verborréia hipócrita, mera hipocrisia, ou mesmo alucinação. Porém isto seria reduzir a história a uma psicologia do sequestro e da pilhagem, desprovida de qualquer reflexão ou intenção. A influência das ""ideias" sobre a "história" continua problemática e até misteriosa – especialmente quando hipostasiamos complexidades vagas como estas como se fossem categorias ou mesmo como se fossem absolutos. Mas disto não decorre que não possamos dizer algo significativo sobre as ideias ou sobre a história. No mínimo devemos admitir que as ideias têm história.

A História tem tido a tendência a ver a história dos Renegados como sem sentido, como apenas um percalço no progresso suave e inevitável da cultura europeia na direção da dominação do mundo. Os piratas eram incultos, pobres e marginalizados – e portanto (presume-se) não poderiam ter tido ideias ou intenções de verdade. São vistos como partículas insignificantes varridas da corrente principal da história por um redemoinho caprichoso ou um turbilhão de irracionalidade exótica. Milhares de conversões à fé do Outro não significam coisa alguma. Séculos de resistência à hegemonia européia-cristã nada significam. Nem um dos textos que eu li sobre o assunto sequer menciona a possibilidade de intencionalidade e resistência, quanto menos a noção de uma "utopia pirata". A ideia de uma "sombra positiva" do Islã é uma categoria ad hoc pro tempore que eu criei a fim de tentar compreender o enigma da apostasia. Nenhum historiador (que eu saiba) jamais postulou uma ligação entre a islamofilia intelectual do rosacrucianismo e do Iluminismo, e o bizarro fenômeno dos Renegados. Ninguém jamais interpretou a conversão deles ao Islã como uma espécie de forma definitiva de "ranterismo", ou mesmo como um meio de escapar (e se vingar) de uma civilização econômica e sexualmente indigente – de um cristianismo presunçoso baseado na escravidão, na repressão e no privilégio da elite. A apostasia dos Renegados como auto-expressão – apostasia em massa como expressão de classe – os Renegados como uma espécie de "vanguarda" protoproletária – conceitos como estes não existem fora deste livro. E mesmo eu hesito em apresentá-los como mais do que hipóteses singulares. A "vanguarda" fracassou, os Renegados desapareceram, e sua cultura incipiente de resistência se evaporou com eles. Mas a experiência deles não foi sem sentido, nem merece ser enterrada no esquecimento. Alguém deve saudar-lhes o fervor insurrecionário, e suas "zonas autônomas temporárias" às margens do rio Bou Regreg, no Marrocos. Que este livro sirva de monumento a eles; e que por meio dele os Renegados re-entrem nos pesadelos da civilização.

BIBLIOGRAFIA

Abun-Nasr, Jamil M. (1971) *A History of the Maghrib*. Cambridge [Reino Unido]:Cambridge University Press.

Ali, Ahmed e Ibram Ali. Sem data. *The Black Celts: An Ancient African Civilization in Ireland and Britain*. Cardiff: Punite Publicationsal-'Arabi, M. (1980) *The Bezels of Wisdom (Fusus al-hikam)*, tradução e introdução de R.W.J. Austin. Nova York: Paulist Press.

AZ-Zirr e A. N. Durkee, tradutor (1991) *The School of the Shadhdhuliyyah*, vol I, Orisons, Alexandria [Egito]: Daru'l-Kutab.

Barnby, H. (1969) 'The Sack of Baltimore' em *The Journal of the Cork Historical and Archaeological Society*. Cork [Irlanda], parte 2 – vol LXXIV, nº 220, julho-dezembro.

Birge, J. K. (1937) *The Bektashi Order of Dervishes*. Londres: Luzac.

Bowles, Paul (1962) *A Hundred Camels in the Courtyard*. São Francisco: City Lights.

_____. (1975) The Oblivion Seekers and Other Writings. São Francisco: City Lights.

Bracewell, C. W. (1992) *The Uskoks of Senj: Piracy, Banditry and Holy War in the 16th Century Adriatic*. Ithaca: Cornell University Press.

Brown, Kenneth (1971) 'An Urban View of Moroccan History: Salé 1000-1800' em número especial de *Hespéris Tamuda*. Faculté des Lettres, Université Mohammed V. Rabat: Editions Techniques Nord-Africaines.

Burroughs, W. S. (1981) *Cities if the Red Night*. Nova York: Holt, Rinehart e Winston.

Caillé, J. (1949) *La Ville de Rabat jusqu'au protectorat Français*. Paris: Vanoest Carteret.

Chimenti, Elisa (1965) 'The Legend od El-Minar' em *Tales and Legends of Morocco*. Nova York: Ivan Obolensky.

Cohn, N. (1970) *In Pursuit of the Millenium.* Londres: Maurice Temple Smith.

Coindreau, Roger (1948) *Les Corsairs de Salé.* Paris: Societé d'Editions Géographiques, Maritimes et Coloniales.

Course, A G. (1966) *Pirates of the Eastern Seas.* Londres.

Crapanzano, Vincent (1973) *The Hamadsha: A Study in Moroccan Ethnopsychiatry.* Berkeley: University of California Press.

Deschamps, Hubert (1949) *Les Pirates à Madagascar aux XVIIe et XVIIIe siècle.* Paris: Editions Berger-Levreiul.

Dunton, John (1637) *A True iournall of all the Sally fleet, with the proceedings of the voyage.* Londres, impresso por I. Dawson para T. Nicholes.

Drinnon, Richard (1972) *White Savage: The Case of John Dunn Hunter.* Nova York: Schocken.

Eberhardt, Isabelle (1987) *The Passionate Nomad: The Diary of Isabelle Eberhardt.* Tradução de N. de Voogd. Londres: Virago.

Eloufrani, Mohammed Esseghir bem Elhadj bem Addallah (1889) *Nozhet-Elhadi: Histoire de la dynastie Saasienne au Maroc*, tradução francesa de O Houdas. Paris: Ernest Leroux.

Ewen, C L'Estrange (1939) *Captain John Ward, 'Arch Pirate'.* Paignton: impresso para o autor.

Exquemelin, A O (1699) *The True History of the Bicaniers of America; from their first opriginal down to this time.* Londres: T. Newborough

Fuller, Basil e Ronald Leslie-Melville (1985) *Pirate Harbours and Their Secrets.* Londres: Stanley Paul & Co.

Friedman, Jerome (1987) *Blasphemy, Immorality and Anarchy: The Ranters and the English Revolution.* Athens [Ohio]: Ohio University Press.

Geertz, Cliffird (1968) *Islam Observed: Religious Development in Morocco and Indonesia.* New haven: Yale University Press.

Gysin, Brion (1964) 'The Pipes of Pan'. *Gnaoua* 1:19-23. Tânger [Marrocos] Hill.

Christopher (1978) *The World Tun'd Upside Down.* Londres: Penguin

(1985) 'Radical Pirates'. *The Collected Essays of Christopher Hill* vol. 3: 161-187. Amherst: University of Massachussetts Press.

Ibn al-Sabbagh, M. (1993) *The Mystical Teachings of al-Shadhili (Durrat al-asrar wa tuhfat al-abrar)*, tradução de Elmer H. Douglas. Albany: State University of New York Press.

Joyce, Cecily (1990) *Claddagh Ring Story*. [Galway. Irlanda].

Jullien, Philippe (1971) *D'Annunzio*. Paris: FayardLaw.

Lemprière, W. (1791) *A Tour from Gibralter to Tanger, Salee, Mogador, Santa Cruz, Tarudani, and Thence over Mount Atlas to Morocco: including a particular account of the royal harem*. (Em Pinkerton, John, *A Collection of the best and most interesting voyages*...Londres, 1808-14).

Lloyd, C. (1981) *English Corsairs on the Barbary Coast*. Londres: Collins.

Lucie-Smith, E. (1978) *Outcasts of the Sea*. Nova York e Londres: Paddington Press.

Mohen, J.P. (1990) *The World of Megaliths*. Nova York: Facts on File.

Morton, A L. (1970) *The World of the Ranters: Religious Radicalism in the English Eevolution*. Londres: Lawrence and Wishart.

Norris, gerald (1990) West Country Pirates and Buccaneers. Wimborne [Reino Unido]: Dovecote.

Pannell, C. R. (1989) *Introduction to Piracy and Diplomacy in 17th Century North Africa: the Journal of Thomas Baker, English Counsul in Tripolo, 1677-1685*. Rutherford [Reino Unido]: Fairleigh Dickinson University Press; Cranbury [Nova Jersey]: Associated University Press.

Penz, Charles (1944) *Les Captifs Francaise du Maroc au XVIIe siecle*. Rabar: Imprimerie Officielle.

Quinn, B. (1986) *Atlantean: Ireland's North African and Maritime Heritage*. Londres: Quartet.

Rediker, Marcus B. (1987) *Between the Devil and the Deep Blue Sea: Merchant Seamen, Pirates and the Anglo-American Maritime World*, 1700-1750. Cambridge [Reino Unido]: Cambridge University Press.

Scholem, Gershom (1973) *Sabbatai Sevi: The Mystical Messiah*. Princeton: Princeton University Press.

Sir George (1929) *The Barbary Voyage of 1638*. Filadélfia, Wm. Fell Co.

Chambers, Anne (1979) *Granule: Life and Times of Grace O'Malley*. Portmannock [Irlanda]: Wolfhound Press.

Senior, C. M. (1976) *A Nation of Pirates: English Piracy in its Heyday*. Nova York: Crane Russack.

Smith, Nigel, editor(1983) *A Collection of Ranter Writings from the 17th Century*. Londres: Junction.

Les Sources Inédites de L'Histoire du Maroc (1935), editor H. de Castries. Tomo III, editores P. de Cenival e P. de Cossé Brissac.

Spencer, William (1976) *Algiers in the Age of the Corsairs*. Norman: University of Oklahoma Press.

Westermarck, E. (1926 [1968]) *Ritual and Belief in Morocco*. New Hyde Park [Nova York]: University Books.

Wilson, Peter Lamborn (1993) 'Caliban Mask' em Sakolsky, Ron and Jim Koehnline, editores, *Gone to Croatan: The Origins od American Drop-Out Culture*. Nova York: Autonomedia.

Wolfe, J. B. (1979) *The Barbary Coast: Algeria and the Turks*. Nova York: W. W. Norton.